CUADERNO DEL BAG BOY

CUADERNO DEL BAG BOY

Lorenzo García Vega

Edición: Pablo de Cuba Soria / Carlos A. Aguilera
© Logotipo de la editorial: Umberto Peña
© Ilustración de cubierta: Danilo Vinardell
© Herederos de Lorenzo García Vega, 2016
Sobre la presente edición: © Casa Vacía, 2016

www.editorialcasavacia.com

Richmond, Virginia

I. Volver al Cuaderno

Volver al Cuaderno. Rigor. Conveniente sería, siempre, tener en cuenta el rigor. Pero ¿qué sentido...? Habrá una exigencia interior de sinceridad, una exigencia, diríamos de traducir fielmente. Pudiera ser, quizá, que interiormente se quisiera utilizar el rigor. Expresar el lenguaje de una identidad (una identidad perdida o, al menos, lamentablemente cuestionada). ¿Quién sabe?

La mirada como esos televisores que hay en las tiendas; mirada, la que registra lo que hay dentro del local.

Lenguaje, identidad, mirada, televisor-registrador de un supermercado: puntos de este cuaderno. Se levanta; hoy, es mañana de domingo. Sentado. Sentado frente a la mesa del comedor, frente a puerta de cristales que da hacia el patio de la casa. ¿Qué se registra? Matas de rosas secas, pero hay otras matas, exuberantes por las lluvias que en estos días han caído. Esto frente a la mirada, esto como imitando la vegetación que pudiera estar impresa en adminículo estético.

Pero también hay una visión que... ¿una visión que pudiera perderse en la vejez? ¿Cuál es la narración que se pierde en la vejez?

Identidad. ¿Qué identidad parece que se pierde? Ya que es como si la identidad que pudiera perderse en la vejez, no fuera la misma que aquella que se temía perder en la juventud. No se sabe cómo decirlo, pero es como si el cuestionamiento propuesto por la falta de identidad en la vejez, pudiera ser distinto al cuestionamiento propuesto por la falta de identidad en la juventud

El bag boy no sabe ni lo que está diciendo, pero aunque no lo sepa, el bag boy lo está diciendo.

"Ese reumatismo, esa artritis se deben a la senectud, lo sabemos, y sin embargo, no somos capaces de descubrir en ellos una nueva condición. Seguimos siendo lo que éramos, con reumatismo además", decía Simone de Beauvoir. Esto lo traduce el bag boy de la manera siguiente: "Ese cuestionamiento de la identidad lo atribuimos a la senectud y, sin embargo, no somos capaces de descubrir en ella una nueva condición: con falta de identidad, seguimos siendo lo que éramos".

El Publix es el supermercado donde, conduciendo un carrito, trabaja. Es un bag boy. En el Publix las muchachas cajeras, y también el público, le han hecho sentir que es un viejo. Es el viejo que lleva un carrito. Pero, además, en el Publix hay televisores que recogen el ir y venir de los parroquianos; televisores como una mirada. La identidad cuestionada..., lo relacionado con la senectud. Por lo que, de una manera que no se sabe cómo explicarla, se enreda todo como piezas de un caleidoscopio. Cristalitos se fijan, hasta ser viejo conduciendo un carrito. O cristalitos se fijan, idénticos a la mirada del televisor de un supermercado. O cristalitos como el dramático lenguaje de una identidad. O etc., etc.

Día nublado. Amenaza de tronadas. Ya está esperando su hora de llegada al Publix. Son las 11 de la mañana, y a la

1 de la tarde tendrá que estar en el supermercado. Ahora, al igual que ayer, está sentado en el comedor, frente a la puerta de cristales que da al patio. Pero ahora el paisaje del patio tiene la misma coloración que hay cuando va a llover: lo gris nublado. Y ¿por qué lo aterroriza ese color? Siempre se ha acobardado ante la proximidad de la lluvia. Se trata de un terror que se ha adherido a su pensamiento, se trata de un terror pegado a las imágenes que tengan que ver con la lluvia.

Mirar sus manos, tocar la madera de la mesa del comedor. Esperar su turno —de una a seis— en el supermercado. Los días van como encapsulados: esperar el tiempo del supermercado, cumplir con el turno del supermercado.

Lluvia pegada al pensamiento. Eso es lo peor. Miedo adherido al pensamiento, temor pegado a las imágenes. También como si la mirada estuviera llena de terrores.

¿Qué más? ¿Qué más? ¿Qué más hay? Más… que… hay… nada. Pensamiento que gira, se envuelve a su girar, pero el miedo está ahí.

Miedo al coco. Miedo al agua. Miedo a cierta calidad de la luz. Miedo —a veces— a todo. Miedo al miedo. Pensamiento que puede ser sólo miedo. Se viste frente al espejo nublado, espejo nublado por el día lluvioso. La camisa, el delantal: lo que le exigen que vista cuando conduce el carrito del Publix.

Un viejo dice ser el hermano de uno que fue Vicepresidente de la República de Cuba. Entonces el viejo, después de sentarse en una silla plástica que hay en el Publix, se queda dormido. El pasa con su carrito, frente al viejo, y comprueba que éste duerme tranquilamente. También la mirada del conductor de carritos comprueba, al detenerse en la piel de la cara del viejo dormido, que esa piel está llena de manchones. Son las tres de la tarde. La música indirecta del supermercado, la música casi subliminal, es una pieza de jazz, pero casi no se la puede oír. Después, se llega a saber que el que fue Vicepresidente de la República no tiene ningún hermano vivo, así que el viejo que duerme la siesta en el Publix es un mitómano.

Decía Keats: "los poetas no tienen identidad".

Decía Rilke que la música era la respiración de las estatuas, pero como en el Publix no hay estatuas, no hay, por tanto, respiración de las estatuas. Sin embargo, eso sí, en el Publix hay una música indirecta, una musiquita sublimada o tamizada, que bien pudiera sostener una respiración. Pero ¿de qué respiración se trata? Pues no, por supuesto, de la respiración de las estatuas, pero sí de lo que pudiera ser considerado como el similor de las estatuas: o sea, de las estatuas de consumo: o sea, de los objetos Pop.

Lo pasó, ese mediodía horriblemente caluroso y húmedo (había 94 grados), cruzando la zona del parqueo con su carrito. Así que era la sequedad, lo restregado por el horrible calor, provocando que su pensamiento reaccionara frente al espantoso estímulo. Podría parecer que se iba a desprender del olvido, pero que no iba a zafarse del olvido. Y, en realidad, ¿qué era? Pudiera ser como un fragmento de lenguaje que, ante el calor y la humedad, estuviera a punto de manifestarse. Pero...

O sea, podría semejarse a ese "nítido insecto rasca sequedades" de que hablaba Valéry. O como que sólo se entreviera. Fragmento de lenguaje. Fragmento de discurso / lo que ser podría como péndulo que rozara lo intacto de una superficie. Pero, ¿la verdad será así? No se sabe, nada puede afirmarse sobre eso.

Caminaba con su carrito; el sol era el tatuaje; el sol era la sombra.Tatuado de su olvido, o mancha. De su olvido. Calor espantoso, repito, con olvido que quizás tenía que ver con la textualidad de un péndulo (fragmento de un texto de Sade, comentado por Barthes, deliraba). Pero ¡basta! Bastaba para él.

Bastaba. No era conveniente, para él, hacer literatura con lo que, por no poder zafarse del olvido, no lograría hacerse visible. Así que él, por lo tanto, sólo quedó siendo el que llevaba el carrito por el mediodía.

Pero hay que añadir que también sucedió lo insólito. Pues en aquel, como arenal, que bien podía fingir lo caluroso de la zona del parqueo, insólitamente irrumpió el escándalo de una música rock. El escándalo debe haber sido motivado por la bocina, por alguna bocina, situada en algún camión del parqueo.

Pero lo increíble no fue esto, sino el hecho de que, junto a lo insólito de esa música rock en el arenal de un paseo, vio él un enorme tráiler blanco y verde (los colores del Publix) con este pintado letrero

THE PUBLIX SPIRIT

¿Qué significaba eso? El pensó (¡delirante que el discurso puede ser!) hasta en la jirafa envuelta en llamas que…, pero esto hasta que, luego, se enteró que el trailer, "The Publix Spirit", contenía las computadoras que habrían de sustituir a las envejecidas máquinas que hasta ahora utilizaban las cajeras.

(Es de notar que, frente a todo lo que se acaba de decir, había un enorme globo, multicolor, encima de una de las azoteas del Centro Comercial donde está el Publix.)

Después, momentos después de salir del trabajo, y cuando esperaba la guagua dentro de un horno de asfixiante calor, en la acera se encontró con la vieja Araceli Forné, una maestra pinareña (pinareña es la habitante de Pinar del Río, una provincia de una isla) que siempre se sienta en una silla plástica, vecina a la que ocupa el que dice ser hermano del Vicepresidente de la República de Cuba.

Araceli camina con la ayuda de su burrito rodante.

—¿Cómo se siente? —le preguntó él.

—¿Cómo me voy a sentir? —contestó Araceli—. Voy para la horrible cueva donde vivo. ¡Qué remedio! Tengo una hija que vive cerca del home para viejos donde estoy, pero mi hija, por estar tremendamente enferma del ánima, no puede visitarme. ¿Se da usted cuenta, señor? Así que, como agonizo, lo único conque cuento para aliviar mi terrible soledad, es el Publix.

"Discurso del kitsch Pop", se dijo él, después que la vieja, con su burrito, siguió su camino. Pero, ¿se podría llegar a saber cómo, ese discurso kitsch, pudiera empatarse con ese otro discurso de la arena del parqueo que el olvido no deja descubrir? En la Playa Albina hay demasiado calor para averiguar estas cuestiones.

De nuevo el globo multicolor, encima de una de las azoteas del Centro Comercial. Pero abajo, y a lo lejos, por los portales del mismo Centro, avanza, hacia el Publix la vieja maestra Araceli Forné, usando gafas con cristales negros, y enarbolando un chaleco con encajes sobre su vestido negro y rosado.

Permanece, aunque ya se han instalado las computadoras en el Publix, el elefante indostánico, o tráiler, que bien se llama "The Publix Spirit".

Entonces, le pregunta a un bag boy puertorriqueño sobre eso. El bag boy, viejo jubilado de una de una Compañía de Seguros de Massachusetts, sobre el trailer responde lo siguiente:

—Esa es la caja del diablo.

Por lo que parece que, el trailer, bien pueda ser considerado como una manifestación del similor.

Quizás este Cuaderno podría llamarse *To go without*. Es que, ¡tan sencillo como eso!, él vive en la Playa Albina, y la Playa Albina es norteamericana.

"*To go without* es como ir a la deriva, como ir sin..., y como en este Cuaderno se persigue a un él, a un otro, aquí debe haber un discurso que se busca a sí mismo. Pues no se sabe cuál es el sujeto de este Cuaderno. No se sabe si es el lenguaje, o la conciencia, o el juego de la imagen. Pues no se sabe quien es él, el protagonista de este Cuaderno. Así que, quizá, aquí se está intentando un Cuaderno en que el protagonista se dibuja —y también, como en reverso se desdibuja— a medida que se escribe.

To go without. En este Cuaderno, con descripciones del Publix, debe haber como un telón de fondo donde puedan manifestarse las fases de la construcción del similor.

El similor es lo poco (lo poco que, por poco, es como pacotilla) alquímico que puede conseguirse en una Playa Albina. A esto se le facilita un carrito..., y a esto todo se le puede llamar *To go without*.

Día libre, sábado. Por la noche es conducido en auto, por el downtown. Ve pedacitos iluminados, pedacitos de verde, azul, rojo, violeta. Sucesión de...gran alegría...neón. Están en lo alto los pedacitos iluminados. Están en el Metro Rail.

Meando por la mañana le surge, como si fuera línea, frase de José Martí: "con la frente contrita de los americanos que no han podido enterrar en su patria". Tanto como dura la meada, dura la frase. Es extraño. Pues la meada debe de tener su discurso inconsciente y entonces, como interceptando, aparece el fragmento que es la frase martiana. Pero pudiera ser que meada y frase con la "frente contrita", estuviesen secretamente unidas. No se sabe. Habría que preguntárselo a Raymond Roussel.

No está en ese momento conduciendo el carrito sino que, por ejemplo, en ese momento va hacia el "Deli", para devolver un producto que un cliente ha rechazado. Toma, por ejemplo, por la fila 8 y, de improviso, entonces lo asalta la conciencia de la música indirecta. Música como silencio. Por lo que sus gestos (los gestos de sus piernas, por ejemplo), toman orientación secreta y sensual: se convierten en portavoces de una poesía sinestésica.

Sueño mañanero: lo ve la amiga de la adolescencia. Lo ve y ya él está viejo. Viejo, vestido con uniforme de bag boy. También él está blanqueado (al menos, así se lo dice el sueño) por la vejez, cuando le dice a la amiga que él se acaba de divorciar.

La niña tendida en un salvavidas multicolor. El piececito de la niña se agita sobre el agua. Ella también tiene una trusa multicolor, como el salvavidas, y en un instante se pone a soplar pompas de jabón. Esto está acompañado por una musiquita. Es un anuncio televisado del Publix en un Canal de programas culturales.

Chamusquina. Un habla chamuscada. Es un bag boy que acaba de ingresar en el Publix. Quizás sea un puertorriqueño. Se saca del bolsillo un pedazo de toalla, se seca el rostro.

Las nubes sobre la inmensa azotea. Nubes como fotografías de nubes, superpuestas al cielo.

No sabe cómo componerse. ¡No mira al cliente! Los mandados van llegando; está dispuesto a empaquetarlos, pero no sabe cómo componerse. Mira hacia el techo. Mira la manchita de su delantal. A veces —y esto puede salvarlo— irrumpe la conciencia de la música subliminal.

Delira. Chocar el carrito, violentamente, contra lo sólido de la pared. También chocar su cara contra la pared. Volverse, entonces, para mostrarle al espectador su rostro ensangrentado.

"Gracias por su ayuda", le dijo la cajera cuando él, para empacar, se acercó al mostrador donde ella estaba. Pero él no oyó bien: demoró un minuto para llegar a comprender lo que ella le había dicho.

El yo onírico paseándose al borde de la vigilia, como si fuera, a cada instante, en el estanque de la realidad. Pero no hay por qué pensar en eso. Debe evitar pensar en el contenido del sueño, al despertar por la mañana. Mejor dejar tranquilo a ese yo onírico que está al borde de la vigilia.

Día lluvioso, extremadamente lluvioso, pero la temperatura sigue siendo bastante calurosa. ¡No se sabe! Llueve y asoman cosas que nada tienen que ver con lo que rodea al bag boy. Asoma, por ejemplo, "el olor frío" de un banco del subway de New York. Era un olor frío en un mediodía otoñal. Y, ahora, parece como una vigilia de antaño.

Todo lo quema la angustia. Todo, la angustia, lo convierte en sebo. Hay un tubo encima de una mesa larga, y esto es como objeto sin respuesta. Nada,

Llueve. Brinca un fantasma hacia..., ¿dónde?, ¿Hacia él mismo? Pero ese sí mismo (si es que hay un sí mismo), brinca, también, como fantasma, hacia..., ¿qué luz diluida? Llueve mucho.

Se pudiera reconstruir al doctor, al doctor Fantasma.

Ver, desde el carrito, el discurso del marqués de Sade. Se pregunta, él, cómo puede ser ese discurso. Pedazos sexuales que se restriegan por todas partes; pedazos sexuales que se restriegan entre los objetos Pop.

Al caminar, hoy, por una galería verde del Publix, lo asaltó Ernesto Lecuona, dentro de lo tamizado de una música. Entonces, sorpresivamente, la galería se convirtió en ridículo similar de muerte. ¡Qué extraño! Pues, entonces, un similar de la muerte podría estar compuesto por: 1-galería verde de un Publix; 2-Lecuona tamizado. Pero, entonces, el conductor del carrito avanzó hacia el baño, para ir a mear.

Había como un aire de otoño, pero este aire no lograba convertirse en discurso. Entonces, en el parqueo del Publix, apareció la rastra del Burger King. Una enorme hamburguesa, roja y amarilla con fondo de arco-iris Pop, estaba pintada en la rastra. El notó que ya no saldría el aire de otoño, pues sólo se imponía la presencia del Burger King. Había un andamio, delante de la rastra.

Demi, la pintora: dos pinturas, con sus cakes respectivos, extremadamente trabajados. Pueden ser inspirados por la albina "Rosa Bakery". En los centros de esos cakes está el fuego del pintor Arturo Rodríguez.

La noche, la luna albina. Los cakes de Demi estaban en una galería. La galería estaba en el Centro Comercial donde trabaja el bag boy (en la Playa Albina vivir es estar en un Centro Comercial). El Centro Comercial como si fuera alfañique. O sea, era el Centro Comercial albino, que la noche otoñal podía convertir en como ampliación de una maqueta hecha con palitos blancos. ¡Demasiado ligerito el asunto!

Cliente (flaca, madura, de cara virtuosa):

—He comprado algunos mandados y ahora, al verlos en el maletero, parece como si Dios los hubiese multiplicado.
El conductor de carritos oye esto a las 2 de la tarde, bajo 92 grados de temperatura.

Los Bakery son santuarios de la Playa Albina. Los cakes son fetiches albinos.

Anoche, en la galería, Demi con sombrero y ataviada con sus inconfundibles ropajes. Lo que se pone Demi es solo lo que se pone Demi. En una ocasión, en una tienda, el bag boy encontró uno de los vestidos de la artista. ¿Qué hacía allí? Había que rescatarlo. Rescatar esa pieza fuera de contexto. Así que el bag boy intentó comprar el vestido de Demi, para llevárselo a la pintora, pero por falta de dinero no pudo hacerlo.

Ayer, al esperar, en la fonda de los chinos, un paquete con una ración de arroz, al bag boy lo asaltó el recuerdo de *La novia puesta al desnudo* de Duchamp. Afuera llovía.

A veces, el bag boy es el doctor Fantasma. Pero cuando así sucede, casi siempre la timidez lo hace encorvarse.

Por cierto, el bag boy anoche vio, en el parqueo del Centro Comercial, el adefesio que, como consecuencia de su miopía, bien podría ser un monumento tirado en el suelo. Monumento que sería mitad Jesucristo, mitad neoyorquina Estatua de la Libertad. Pero cuando, con su carrito, bajó de la terraza y atravesó el parqueo, se le olvidó verificar lo que podía ser el caído cacharro que su mirada transfigura.

Pero, a solas, el anciano bag boy llama a su difunta madre. Son esos momentos en que se siente tentado a darse golpes en la pared. No se sabe por qué la llama.

Hay momentos en que faltan demasiadas piezas del juego.

Miedo, desintegración del miedo. Cielo es bronce, la noche. Poco espacio por donde desplazarse. El miedo hace pedazos.

Persiste el dolor reumático cerca del corazón. Bronce: persiste lo feo, sucio del miedo. La puerta de la casa está cerrada, pero se oye, como cucurucho agradable, el canto de los pájaros.

El túnel es largo; desemboca en un maestro-fotógrafo que conoció en la infancia. Pero el bag boy no se detiene ahí. Evita la memoria.

Cuando se buscaba el timbre para llamar a la enfermera. Pero después de salir del Hospital queda un zumbar. Quedan unas imágenes con escozor; un esparadrapo que se extendía...; luz intensa, como untando.

"Nos morimos, un poquito antes o un poquito después", y también se refirió mucho al Diablo Tuntún.

Ese kaleidoscopio donde el mismo cristalito sirve para colorear la vida o la muerte. Pensaba. Había sacado un dinero y estaba sentado en el vestíbulo de un Banco. Por la puerta de cristales se veían unas ramas grandes, por lo que, sin saber la razón, se podía pensar en una incesante metamorfosis.

Ha salido del Hospital, pero persiste, intermitentemente, el relámpago —recuerdo de ese color crema que la luz neón iluminaba—. Dramática significación del color. *El libro tibetano de los muertos.*

El viudo de una maestra llamada Ellen Farley ha hurgado en los papeles de ella; ha escogido los poemas escritos en esos papeles; y los ha publicado. Hay poemas sobre almohadas, teléfonos, el Amor, la Vida, etc. Tantos son los poemas que, uno a uno, tomados como si fuera una vitamina (o eso, al menos, dice el periódico), tres años y medio se demoraría el bag boy para consumirlos.

A las seis, o seis y media de la tarde, vuelve el terror. Terror que vira, que lo desintegra todo. También el cuerpo parece que se va a venir abajo. Y esto junto con el color de la luz eléctrica se vuelve insoportable. Pero... ¿esto por qué? ¿Qué papel juega el color?

Ese cierto color otoñal que, pese a su belleza, siempre da un poco de miedo. Color con miedo.

Dijo, de su reuma en el brazo Isabel, la esposa de su amigo Mariano Alemany: "Es un dolor triste".

Miedo como si lo taparan con la tapa de un viejo baúl.

También una cenestesia, que se asemeja a lo lóbrego del color otoñal.

Para que apareciera el color crema oscuro, se encendió la luz en el lavabo del cuarto del Hospital. Crema oscuro que se empapaba con el miedo. Sin embargo, a pesar de eso, el color crema no dejaba de ejercer cierta fascinación.

Preparado para el electrocardiograma. La pastilla de nitroglicerina. Pudiera disolverse. Frío que le aplican por los pies, por el pecho. Es como si fuera a tener una especie de lamentable levitación.

La ventanita oblonga, en el cuarto del Hospital. Había, afuera, una visión en dos planos: arriba, mancha grisácea de cielo nublado; abajo, fragmento de terraza con color crema (¿ese color crema era el mismo que el del lavabo?).

¿Qué será el color? El color en *El libro tibetano de los muertos*.

Pero en algún momento habrá que morirse.

Su madre, también, sola se murió, en uno de esos cuartos de enfermos.

Se encorva como los viejitos. Se encorva como si su finalidad fuera desaparecer.

Una poesía del estar aquí; poesía del no hay más nada. Oír, sin más, la musiquita del carrito de helados por el mediodía, y ser cautelosos ante cualquier pretensión de individualidad.

El bag boy con pilitas de preocupaciones por aquí, con pilitas de imágenes por allá. ¿Cómo puede unir esas pilitas? El bag boy piensa en Hume.

270 de azúcar (la semana pasada tuvo 399). Diabetes. ¡A tomar pastillas! 94 grados de temperatura, y el estar expuesto a las continuas lluvias en el parqueo del Publix.

Día con cierto toque de otoño, pero esto junto con el asqueroso verano, este asqueroso verano de la Playa Albina.

Por el barrio hay una cachucha. ¡Cachucha!..., esto se remonta a tiempos atrás. Pero ¿por qué?, ¿por qué se remonta al pasado. Y ¿qué es lo que se remonta?: ¿la cachucha en sí —esa cachucha de color grisáceo— o las asociaciones que conlleva la palabra cachucha?

Hace días que no va al Publix, pero recuerda a un viejo bag boy que continuamente mueve su pie (¿el pie derecho o el pie izquierdo?) como si se sacudiera una pata. Es que se trata de un bag boy con un cuerpo que, a veces, parece demasiado animal. Esto así como... Pero no, no sabría decir cómo. El viejo bag boy levanta el pie y en ciertas ocasiones, es como si los pantalones se le fueran a caer.

Almuerzo en una fonda de segunda clase. Hay una luz, se respira una luz, pero también el bag boy siente lo terriblemente desolado. ¿Cómo se puede sentir lo desolado y, sin embargo, respirar una luz?

Está la muerte, no hay duda, pero también lo que pudiera ser creador. Y ¿cómo así? ¿Cómo la muerte puede estar unida a un soplo creador?

Tal como si estuviera en un fragmento del cuerpo. O tal como si radicase en un punto. ¡Es una contradicción! Lo abruma la muerte, pero el bag boy encuentra la muerte en lo pequeño de un fragmento, o en lo diminuto de un punto.

Tecleo de la máquina de escribir, con hilo grisáceo de mediodía dominical que comienza. Y esto está mucho más atrás de la palabra; esto como si se pudiera sumar a la terrible fuerza de lo inorgánico.

Pánico, al caer la tarde, cuando ya empieza a oscurecer temprano. Es un túnel cuyo final es el terror. Ahora continúan, en la vejez del bag boy, aquellos miedos de su juventud. Siempre el pánico.

Hacerse pedazos. También se está intoxicado. Intoxicado por el terror.

Laureano, su cáncer en la piel. Nunca fue su amigo, sólo dos veces se encontró con él. Sin embargo, a partir del momento en que Laureano se agravó, no pudo dejar de pensar en él. Pensaba en él por las mañanas, cuando se levantaba. Y ahora, después que Laureano ha muerto, todavía lo recuerda cuando, por causa de su diabetes, se levanta por las noches para ir a orinar.

("A otros, por tener los demonios atados, no les pasa lo mismo que a ti. Pero como tus demonios nunca han estado bien amarrados, cualquier cosa los puede zafar".)

En estos días, en el Hospital, no sólo con la meada volvía a recordar a Laureano, sino también cuando la luz neón alumbraba el color crema.

Al Publix de nuevo, después de estar en el Hospital, y aparece la música indirecta-tamizada. Música que toca lo que no se toca, o música que se dirige a un inconsciente sin porvenir. Música como pictografía sin sentido.

Acostado en un sofá de la sala de espera del Publix, un joven empleado cuenta haberse pasado la noche soñando con los peligros que tuvo que afrontar para que su auto no chocara. "Soñando di varios frenazos", dijo el joven. Y, después de decir eso, se durmió sobre el sofá de la sala de espera.

Imagen —o emoción, o soplo, o grito— que ya se extinguió; la misma imagen —o emoción, o soplo, o grito— que sin ninguna duda se extinguirá; la misma imagen —o..., etc— que se está extinguiendo ante sus ojos.

Pues el agua por todas parte, con este temporal. Así que en la TV aparece una casa invadida por la lluvia. Por lo que el bag boy, entonces, se mete entre cosas peregrinas. Siente, entre sombras, que está cubierto por un rostro amarillo. O siente que hay una disecada luna, y que ésta pudiera estar guardada en una gaveta.

"Natural Donut", dice un cartel colocado en el Publix. Se dice que este es el mes dedicado a los donuts.

Un cliente: "Ahora venimos al Publix, o nos decidimos por el Winn Dixie, pero llegará un momento en que todos tendremos que ir a ese único supermercado que es la muerte".

El bronce, el terror. La noche como bronce es una cárcel. Sigue lloviendo.

Tipitipitín, tipitín,
Tipitipitón, tipitón
¡Todas las mañanas,
frente a tu ventana,
canto esta canción!

La lluvia en el parqueo del Publix. Gotas redondas, como grandes monedas (¿centenes blancos?), sobre el asfalto negro. En ello hay todo un decir plástico, un decir poético, pero el bag boy no lo sabe traducir. Él, muy vagamente, sólo puede entrever como un relato. Relato plástico cuyos componentes están en lo fantasmal de un redondel blanco, y lo sólido de lo negro.

Fondo gris en el parqueo, pues sigue el tiempo lluvioso. Pero delante de ese fondo, ahora se coloca, con sus colores, la rastra del Burger King.

¿Y el globo multicolor de la azotea del Centro Comercial? ¿Lo habrán quitado por la lluvia? El hombre del carrito no se fijó en eso, pero al llegar a su casa, y sentarse frente a la televisión, pensó en si el globo estaría, o no estaría, sobre la azotea.

Corneta casi silenciosa, en la música indirecta del Publix. La oyó él, delantal en mano, cuando se dispuso a ponchar la tarjeta. En el inconsciente (o donde sea) la corneta agranda lo que pudiera ser como un hueco y, también, increíblemente, trae como un retrato amplificado de John Wayne.

En el mostrador, esperando los mandados que ha de empaquetar, ve el titular amarillo de un magazine, y se entera de la boda de Liz Taylor.

¿Es una visión de postalita, o es un avión que atraviesa una nube?

(El tren de la infancia, al caer la tarde. Asientos de mimbre, su padre. ¿Hacia dónde iba ese tren? ¿Y ahora?, se pregunta el bag boy, ¿ahora ese tren va hacia la muerte?)

Hay el Pop de las latas Campbell, el Pop de los 5 Hot Dogs, etc., visión que ya ha alcanzado una consagración. Pero, junto a eso, hay un color churrioso, una pobreza que nadie ha contado. Bisutería, pues, no identificada, y esto sería interesante poder decirlo, saber mirarlo (esto se lo dice el bag boy).

Saber mirar, por ejemplo, esos periodiquitos que se reparten gratis en los supermercados, en las dulcerías, en las cafeterías. Esos periodiquitos con recetas, horóscopos, consejos para la salud, etc. Pero ¿cómo el bag boy puede mirar esto? O, dicho de otra manera, ¿cómo esto, aunque siendo lo Pop, pudiera ser visto sin imitar la mirada utilizada para las latas Campbell, o para los 5 Hot Dogs?

La naturaleza, como siempre, imita al Arte. Hay calor y el cielo, estético a más no poder, imita a un fotógrafo que el bag boy sabe que existe, pero cuyo nombre se le ha olvidado.

Las piedras unidas por… Había un pequeño charco que… Las piedras no crecían, pero estaban con aquella rama donde… Hasta que, por último, ya no se sabe si las piedras seguirán unidas, puesto que como ya murió la que él iba a visitar, ya no volvió él más por allá (esto, por supuesto, es lo que se va diciendo el bag boy, mientras va con su carrito).

Ratón Miquito de buen tamaño. Plástico, por supuesto. Ellos, los clientes, con gran cuidado lo colocan en el maletero del auto. El bag boy los ayuda. Hay una luz finamente otoñal.

Ese desleído papagayo plástico, en la pared de la casa del bag boy. No se sabe si es que a él le gusta ese papagayo, o si es que el papagayo lo acompaña.

Otra rastra en el parqueo del Publix, su adorno. El letrero Burguer King en letras rojas. Tapas (o pares) son dos semicírculos en amarillo.

Andando con el carrito se dio cuenta, por un momento, que la música indirecta arrojaba una como cascada musical procedente de un piano. Pero pasó algo (él ya no recuerda lo que pasó), y la música indirecta, con su cascada, desapareció.

Limpia la lluvia. Limpia de recuerdos y emociones. Así que, a veces, él logra que su lluvia se convierta en un texto vacío que, en los bordes, él le puede colocar, como adorno, el canto de algunos pájaros sobre algunos árboles mojados del parqueo del Publix.

Desenvuelve el bag boy algunas líneas, y esto hasta que se convierten en una mano. Entonces, intenta la pericia mediante la cual, esa mano, parece como que esconde algún secreto.

"No hay palabras / Solamente pelos", decía Joyce Mansour. Esto lo tiene en cuenta el bag boy. Una avalancha de alusiones sexuales. Las invenciones que pudieran explotar desde un salivazo del marqués de Sade.

Chicles pegados en los suelos del parqueo; fácil que las suelas de los zapatos se embarren con ellos. Los chicles..., las quijadas de los jóvenes..., como obscena revelación de un costado feo, feísimo que rodea al bag boy.

Es un hecho que la gente joven resulta insoportable. Pero no explicar esto. ¡Al diablo con las explicaciones! No le gusta los jóvenes, y a otra cosa. Por lo que, en esto, sí que no puede entender a Gombrowicz (quizás la atracción de Gombrowicz por la juventud, no era más que pura homosexualidad).

¡Oye los pájaros! A veces, también los ve sobre el tendido eléctrico. Personajes de Hitchcock.

Hoy, el bag boy, recibió por correo los linóleos del pintor Arturo Rodríquez. Son 12. En ellos, él ve su rostro con varios ojos, y con cornetas en los oídos. Y, sobre todo, él se ve en la cárcel. ¡Tras las rejas! Hasta su pelo blanco, ralo, parece que tiene que ver con rejas.

Una vez un amigo le dijo, cuando conoció a la madre de él: "Parece que el rostro de tu madre está detrás de unas rejas".

Su siempre rechazado Mr. Hyde se hunde en capas de muy atrás. Pero estas capas, al resurgir en los sueños, se envuelven en argumentos pueriles, como de un folletín kitsch del inconsciente.

A veces su atención alcanza cierto equilibrio y, con ello su imaginación, si no deja de funcionar, por lo menos trabaja muy ligeramente. Pero, basta que en el mundo exterior se produzca algún trastorno para que, se interrumpa la Atención, gire desaforadamente la imaginación y, con ella, haga acto de presencia la violencia (¿qué quiere decir esto? esto se lo acaba de decir el bag boy, pero sin que entienda bien lo que acaba de decirse).

Otoño. Uno entra en el automóvil. Uno se convierte en luz.

Indiscreta vieja, haciendo preguntas sobre lo que hay que hacer para trabajar en el Publix. Quiere que su marido —un anciano de 75 años— llene una solicitud para trabajar como bag boy. El cónyuge, silencioso y evidentemente indignado, se pone tieso como una estaca y no profiere palabra.

Un poco ha disminuido el miedo. Pero el miedo siempre está ahí.

Ese matrimonio solemne que va al Publix casi todos los días. ¡Qué acartonados, qué almidonados! ¡Pero sonrientes! No dan propinas.

Casi siempre, cuando está entre varias personas, siente odio, agresividad. Pero aunque lo sabe, esto no soluciona nada. Sólo llega a saber que él tiene dentro de sí, un saco lleno de gatos furiosos. Pero esto no sólo no arregla nada, sino que contribuye a que aumente su culpabilidad.

Esperando el bus, al salir del Publix. Por supuesto, están todos los ruidos de la calle, pero los pájaros no dejan de oírse.

Traza una línea circular para enlazar a un objeto, a una mesa. Logrado esto, la mesa queda aislada, queda en puro vacío.

Dominar el odio hacia la clientela que le pide le coloque los mandados en cartuchos de papel. Pero una vez conseguido ese dominio, algo dentro de sí se mancha con lo blanco de una lechada.

Al ir hacia el Publix, en el bus, oyó hablar a una mujer a quien no veía. El sonido de la voz era parecido al de una vieja a la que le faltaran algunos dientes. Decía la mujer: "Ella jode bastante, pero hace muy buen trabajo". Pero al final, cuando la mujer se bajó del bus y él pudo verla desde la ventanilla, resultó que ella no era ninguna anciana, ni le faltaba ningún diente.

El viejo bag boy norteamericano —bastante pesado, por cierto— sigue el precepto del Publix de no aceptar propinas. Pero, cuando ve un kilo prieto en el suelo, se apresura a recogerlo.

A Araceli, la maestra que viene al Publix, le han extirpado un ojo. Sobre eso comentó una vieja: "No sé qué va a hacer Araceli ahora, con lo presumida que ella es".

Los viejos pánicos. Siempre se encuentran en el Publix. Viejos matrimonios que no se aguantan. Y recuerdan aquello que decía Ramos Sucre: "El matrimonio es el camino por el cual dos personas llegan más fácilmente a odiarse y a despreciarse".

La naturaleza copia al Arte. El atardecer fue de un entrecomillado realismo. Espléndida noche cayó sobre la gasolinera que está frente al Publix. Había extraordinarios colores: un siena, colores rosados. Pero lo extraño fue que la Naturaleza copiara al Arte, copiara a un anochecer del realismo plástico norteamericano —¡vaya rareza!—.

No se sabe por qué, pero la propina imprime ciertos toques en el cuerpo. El bag boy advierte como él se vira al colocarse la propina en el bolsillo, y también, advierte como se vuelve en diagonal al mirar para los lados, por si algún asistente del manager lo esté mirando. Repito: algo va sucediendo en el cuerpo (¿a los presos, con el cuerpo, les sucederá algo semejante?).

Para saber sobre el Medicare visita al Social Security. Cumple 65 años el mes que viene.

La terraza del bag boy. Terraza llena de hojas, con papagayo plástico colgado en la pared, y unos muebles plásticos bastante sucios, pero lo que halaga a los sentidos no es la sombra de la humedad, sino el extraño pastiche que se respira. Y es que la terraza, las sombras, y las hojas, a veces parecen como simples, pero retorcidas, líneas que trazara un lápiz.

Al regresar del Social Security se montó en el Metro Rail. Sintió algo oscuro, difícil de explicar: como una cenestesia producida por un perfume que, aunque barato, también pudiera ser calificado como discreto.

"El racimo de plátanos se debe colocar boca arriba", dijo ayer la clienta.

Al salir del tren atravesó, como un fantasma, las puertas de cristales del Metro Rail. Fantasma. Se acordó de New York, cuando bajaba las escaleras rodantes. Pero el sol apretaba tan fuertemente cuando ya estaba en la calle, que le entró dolor de estómago.

Lo que más obsesiona es sospechar que se puede no ser más que un lenguaje. Lo que obsesiona es llegar a saber que se es un ventrílocuo. ¿Uno es un lenguaje que habla, y que habla a través de uno?

Dominó ayer el odio. Pero hoy no puede dejar de pensar en la cliente que le pidió le colocara las mercancías en bolsas de papel. Pelo castaño, parecía no saber sonreír. ¿Cómo será su sexualidad?

"Nada más que un sexo / Menos que una rata / Sólo el sexo de un medio negro", decía Joyce Mansour.

Era un libro sobre el odio. Cuentos, o novelas cortas, sobre el odio. Tenía ese libro allá… Ha olvidado el nombre del autor (¿por qué le parece que era un autor italiano?), ha olvidado del título del libro. Ha olvidado los argumentos, los personajes. Pero, quisiera volver a encontrar ese libro sobre el odio.

Señora Martinetti, se llamaba la encargada del caso del bag boy en el Social Security. El bag boy recuerda cuando, en estos días, en el Hospital le sacaban sangre. "Todo va unido", se dice.

Se dice: —Se es sólo un bag boy, se es sólo un viejo, pero en el Publix, también hay ciertas humillaciones.

Espantosos jóvenes, como salvajes, patinando frente al Publix. Odiosos. Aunque… ¿es que lo aterroriza la imbecilidad?

Recortar la ansiedad: ahorita, a las diez de la noche, se tomará un Valium. Con eso se le quita un poco el miedo.

Sale, ya entrada la noche, para cerrar la verja de hierro. Oye al vecino que grita, en una conversación: "¡Los jueces! ¡Los jueces! Las leyes de este país". Así que el bag boy, medio corriendo, se mete dentro de la casa. ¡Huir de la imbecilidad!

Una vez, en el Subway de New York, empezó a sentir que los vagones estaban llenos de animales: animales que olían. Podían, todos, ser caballos. Ahora, en el Publix, cuando se encuentra con un público joven, siente como la avalancha de cuerpos marcados por... ¿El manchón de la sexualidad?

Vuelta al verso ya citado de Joyce Mansour: "No hay palabras, sino pelos".

Lo más del miedo: lo rígido. El bronce. A veces el bronce como techo de la noche. Y esa impresión —se dice el bag boy— de que si diéramos dos pasos, bien pudiéramos quedar encerrados dentro de una pared.

Las bolsas plásticas crepitan en los maleteros. Los niños gritan, o corren alrededor del auto. El viejo del carrito recoge la propina que le dan. Hay un evidente cansancio.

Cuando se escriben cartas —se dice el bag boy—, es evidente que nos disfrazamos, pues la fantasía sobre nosotros mismos es incorregible. Pero la humillación... Aunque lo bueno es que, más tarde o más temprano, nos volveremos mierda.

Parece, según dijo la señora Martinetti, que si sigue un año más conduciendo el carrito del Publix, en octubre del año que viene tendrá derecho a la hospitalización.

Darse golpes en la frente contra la pared, como para poner el reloj en hora. ¿Qué diría alguien —se dice el bag boy— que lo viera a uno dándose golpes contra la pared?

Las nubes imitando composiciones fotográficas. También imitan a un pintor, pero el bag boy se ha olvidado del pintor a quien imitan.

A ese cielo, encapotado, no lo miró con frialdad, pero le pareció como un parabán con sus partes bien delimitadas.

Rucurrucu hacen los pájaros que vuelan de rama en rama. Pasa un avión, el cielo está bien, las nubes cremita. Así, pues, es una hermosa postalita. Es una buena imagen consumista. Y dan ganas de comer muchos dulces.

Un sueño del bag boy anoche, bastante escabroso. Pero lo mejor es no insistir sobre eso. Si se escribe sobre el sueño se tratará de retocarlo; es decir, se moverá el kaleidoscopio del lenguaje hasta encontrar una combinación de cristalitos que complazca al Ego. Mejor, por lo tanto, es dejar los cristalitos-palabras. ¡Si se pudiera ser un pintor!

Vuelta a la fascinación de la terraza. Ahora, en un fragmento del suelo, el pedazo de un desteñido lazo rosado, rodeado por ultimas hojas secas. ¡Qué bueno, para el bag boy, poder detener la mirada ahí! ¡Una última y seca sensualidad!

Ah, pero después vinieron: barrieron y baldearon la terraza. ¡Se acabaron las hojas secas! Y, además, junto con las sombras, (¿por qué se acabaron las sombras?), se perdió ese pastiche de las líneas de un lápiz.

Por ser sábado, hoy no va al Publix. No usará su uniforme, su delantal. Pero, a fuer de ser el empleado que maneja el carrito, se va formando un manchón blanco (¿por qué un manchón blanco?). Un manchón blanco crece al contacto —indiferente— con el público. Pero esto se puede convertir en una marca.

II. Imaginar, en acuarela

Imaginar, en acuarela, el canal cercano a la casa del bag boy. Patos sobre un tubo. La vieja, indecisa, demora su intento de cruzar la calle.

Una ex alumna del Sagrado Corazón, ya abuela, envía un acuse de recibo por la ayuda recibida para mantener la publicación de la Hojita Mater. Sobre la parte en que se cierra el sobre escribe con mayúscula y admiración: ¡GRACIAS!

Atraviesa, para ir al Publix, una zona residencial llamada Versalles. Allí hay: piscina, pasillos con letreros que dicen EXIT; sonido de la radio con horrible guaracha; viejas sin fin de semana pero con cara de fin de semana (¿cómo se entiende esto?); y hasta… ¿nostalgia?, pero que acaba reduciéndose en una nada. Ah, al atravesar Versalles, a veces también se ven las nubes.

Sería encantador escribir historias sobre gente que no tienen historias ni gestos, se dice el bag boy. Esto sería semejante a escribir un cuadro totalmente blanco.

¿Había, en el *Diario de un cura de aldea* de Bernanos, un médico desesperado por tener que inyectarse la insulina?, esto se pregunta el bag boy. Y si no es así, sigue diciéndose el bag boy, ¿por qué me he inventado un falso recuerdo que continuamente me viene a la memoria? La diabetes.

También la Avellaneda, la diabetes que la llevó a la tumba. ¿Cómo sería eso?

Risible formar parte de un todo.

Subdesarrollo dentro del desarrollo de la Playa Albina. Barrio con gente con sólo pedazos, como hechas a picotazos. Ninguna línea puede llegar a su fin. La vieja está tratando de cruzar la calle, pero ella sólo pudiera ser vista desde la traducción de un contexto que tuviera sentido; es que ella, por pertenecer a un paisaje del subdesarrollo, sólo puede ser captada fragmentariamente, ella no tiene un buen dibujo.

Siempre a medias, o siempre con deficiente traducción, cuando se está en el subdesarrollo de la desarrollada Playa Albina. Un personaje de Hooper se sienta en un café y despliega una historia (o manifiesta una no-historia), pero un personaje centroamericano o antillano, de este barrio donde vive el bag boy, se sienta en un café y sólo se le puede ver en desleídos pedazos.

Otra vez Joyce Mansour: "Una rata (Nada más que una rata) / Menos que un poco / Sólo una rata / Abría paso / A un sexo / Nada más que un sexo / Menos que una rata". Pues a veces, en el Publix, el circo con toquecitos Sade. Las tetas casi afuera. Los pantalones apretando las nalgas de casi viejas matronas. Y, en casi todos los mostradores, los magazines anuncian la boda de Liz Taylor.

El sueño de anoche, con la madre del bag boy. La madre convertida en una enana, la cabeza enorme; se conducía como una niña loca, por lo que acabó metiéndose en una hoguera y encendiéndose el vestido.

Diabetes. El bag boy meando toda la noche.

En un momento, ayer, cuando fue a comprar Valium, pensó en su agresividad. Como si tuviera que arreglárselas con una dinamita.

La angustia, al levantarse hoy. Bastante intolerable. Pensó en el inodoro del cuarto del Hospital donde estuvo este mes. También pensó en eso que el zen llama la caverna de los fantasmas.

Salón de los trabajadores del Publix. Nica bajita, feíta: comía como una descosida; repetía la palabra mondongo. La norteamericana sesentona, Marcia, con un globo de cumpleaños; extendió sobre la mesa el mantel plástico con las palabras Happy Birthday.

Por pasillo del Publix, la vestida de negro y con pelo teñido de un negro como las alas del cuervo. Por su mirada se veía que quería imitar a Liz Taylor. Y, además, de esta tetona vieja, emanaba un kitsch obsceno y anacrónico.

("Un hombre es azotado por cada una de las prostitutas de un burdel mientras besa el culo de la patrona, y ésta se tira pedos, orina y caga en la boca de él". Sade)

A veces, con el carrito, le parece que se le va a abrir en el vientre una gran mancha blanca. Gran mancha blanca que tiene que ver con rejas.

Cuando un estímulo malo desata su odio es como si tiraran un trompo a bailar. Con la violencia se estremece, se revuelve. Después, cuando ya el trompo se detiene, le sobreviene, con mayor o menor serenidad, la atención. Pero esto: girar como un trompo, y dejar de girar como trompo detenido, no puede ser nada sano. Esto lo mantiene en una división. Su atención sobre la dinamita de su agresividad.

También sabe que puede ser un fantasma, pero un fantasma con odio. No, esto no es sano.

Secundino, el portorriqueño, siempre canta mientras maneja el carrito. Canta canciones que él nunca ha oído. ¿Serán viejas músicas? Secundino es de edad indefinida (parece que se tiñe el pelo y el bigote), aunque quizás tenga cincuenta y pico de años.

Días cercanos al Halloween, y por la noche, en la TV, películas de terror. Películas para rendirse a la sensualidad de la infancia. El asesino con máscara, semejante a un fantasma; la niña que grita ante el espectáculo de la sangre. ¡Qué buena la noche con la sabrosa crueldad de la TV. Si no fuera por la diabetes, ante esos asesinatos, el bag boy se atracaría de dulces.

En actitud vigilante frunce el seño Palenzuela, el amigo del bag boy, cuando oye el sonido de la vieja cafetera. "¿Sucede algo?", inmediatamente pregunta, y esto como para advertir de su inquebrantable atención. Pues es que, aunque han pasado un chorro de años, Palenzuela mantiene la vigilancia de antes, la vigilancia de cuando, bajo el auspicio de la CIA, hacía incursiones en la isla.

Ese cuento que el bag boy se cuenta, mientras come. ¿Cómo explicarse esto? Varias veces, él ha tratado de aclarar esa manía que padece. La manía de contarse cuentos, mientras come.

Araceli, después de la extirpación de su ojo, regresa al Publix. Arrastra su burrito; tiene una gran venda, pero sigue manteniendo su arreglo. Al preguntarle por su operación, habla de sí misma con ñoñería, como una niña que se mira a sí misma.

En la Compañía de Electricidad los árboles con grandes lazos, rojos y plásticos, en sus troncos. Esto corresponde a una campaña contra las drogas, y se disfruta, en medio de una lucecita otoñal, este fragmento de naturaleza (¿es así, naturaleza?) embadurnada con la sensualidad de quincalla que puede aportar un plástico lazo rojo.

To go withhout. Estas páginas deben llamarse así. Uno las empezó sin saber a qué clase de Diario (personal, o literario, o etc.) podrían responder. Uno piensa que lo personal debería ir desapareciendo de este Diario.

To go without, como esos aparatos televisivos colocados en los bancos, supermercados, etc. Aparatos que registran lo que va ocurriendo. El aparato recogería lo visualmente colorinesco, lo Pop.

To go without. El Diario de un hombre que conduce un carrito. El Diario de una mirada que, por más poética que pretenda ser, sólo termina en lo barato y pueril.
O es como si se quisiera seguir a Mallarmé, pero se tropezara con la bisutería.

Saluda con la cabeza a clientes que vienen a menudo al supermercado. ¡Ya sabe reconocerlos! Sabe reconocerlos y, con ello, es como si entrara en un cuadrito blanco (¿por qué blanco?), y se volviera, él (¿por cuál razón?), blanco también.

El hombre del carrito: mirarlo desde cerca, desde lejos, desde arriba (o sea, mirarlo desde la azotea, donde está el globo multicolor).

La lluvia, el reguero, en la calle. Hilera de autos: ventanillas a oscuras, lucecitas amarillas, chapas lumínicas, lucecitas rojas. Como para jugar. Jugar consumista que empieza y termina con los ojos.

"Es asunto de poner su mente a dormir y sólo buscar sus ojos". Ellsworh Kelly.

En el Publix bosteza a menudo, bosteza y se vuelve blanco (vuelve y vuelve lo blanco).

Por la noche llueve. Llueve, está entonces en la casa, y aparentemente no hay problema. Pero siempre hay un miedo escondido.

Se comunica más con los demás que lo que antes acostumbraba. Se comunica también con gestos. Parece que el ser bag boy lo ha humanizado.

El Hombre Lobo, Santa Claus…, y…

Pronto llegará noviembre. Los muertos. Ramos Sucre llamó a noviembre "el mes de las siluetas".

Ayer se dio cuenta de que, por las noches, se ilumina por dentro el globo multicolor que está en la azotea del Centro Comercial. Además, durante los días de intensa lluvia, él no vio el globo; creyó que no estaba en la azotea y, sin embargo, el globo estaba allí ¿Por qué le sucedió eso?

Domingo, y regresa de una quincalla, después de haber comprado un pomo de aspirinas. Había en el camino un canal insignificante y bastante sucio.

"Dios ha muerto en nuestro tiempo, en nuestra historia, en nuestra existencia", dijo el teólogo Altizer.

Hoy cambió la hora. A las dos de la mañana se atrasó el reloj.

Una vieja habla de "un perro doberman mixto de siete meses". Según ella, necesita "un buen patio".

En el portal del supermercado se oyé un altoparlante que toca una salsa.

El bag boy lee, en un magazine, este titular: "Menem se queda dormido junto a Xuxa".

Ya, debido al cambio de hora, por la zona del parqueo anda el hombre del carrito bajo pura luz de otoño.

El Social Security envía planilla pidiendo nuevos datos. Habrá que llamar a la señora Martinetti.

Encendidas en pleno día la luz de las lámparas. Las luces encendidas en el express-way, durante el mediodía. Y decía Ramos Sucre: "durante el día, una luz fatua, de alquimia".

El globo de la azotea está un poco inclinado o, al menos, así le pareció a él. Todo se nubló después. Empezó a llover.

Mientras fue a averiguar sobre el precio de un queso, la

música indirecta pareció que se agrandaba. Al agrandarse, la música era..., ¿qué música era? ¡Extraño! Pero casi enseguida, como siempre sucede, la música indirecta como que desapareció (aunque, por supuesto, no desapareció). Quizás, en este caso, se debió a que Billy (¿se llama en realidad Billy), ese que tiene el bigote a lo Pancho Villa, le pidió que pasara el mapo por el suelo del vestíbulo, ya que estaba lloviendo y la gente tenía mojadas las suelas de los zapatos.

Un joven colombiano, asistente de manager, que no quiere hablar inglés.

Escapar de sí mismo mientras se oye el ruido de una cortadora del césped.

Fue para la biblioteca por ser el día libre. Allí leyó sobre los concretistas brasileños. Había un poema en forma de urna. Después le entró hambre, por lo que regresó a casa para comer algo. Caliente el sol en el camino del regreso a casa. Esto quiso traerle recuerdos, pero él se negó a recordar.

Días enteros pensando en la muerte. Nada más, y nada menos, que una obsesión. Una obsesión como una de las tantas que ha tenido en su vida. Siempre un enfermo psíquico... Pero el bag boy logra, sin embargo, engañarse. Siempre la vida engaña, a no ser que se tenga un cáncer o venga un ataque al corazón, entonces sí que la cosa es yaya pura.

Ya casi no oye la musiquita del carrito de helados de los nicaragüenses. ¿Será porque ahora trabaja en el Publix, y antes se pasaba el día en la casa?

"¿Qué te diré a ti / Hermano nacido de mis pies / Sobre un suelo en que sólo vives para espiarme". René Crevel.

Ese objeto multicolor de la azotea del Centro Comercial. ¡Qué baratón! Es la noche, y está iluminado. ¡Qué baratón! Pero nos enseña que quizás pudiéramos vivir sólo con luces falsas. Vivir con la sola sensualidad del consumismo.

Con el carrito, en la caída de la tarde —tiene el turno nocturno—, viendo cómo, sobre lo que está en el parqueo, cae un manto siena sobre lo incipiente nocturno que se está volviendo pura tinta. Al lado, entonces, del Centro Comercial, se encienden las luces de un tiovivo, y las luces de la Estrella. También, junto con eso, las multicolores luces de la PEPSI, el refresco de la nueva generación.

Como un maratón para El Similor. Entonces, con su delantal del Publix puesto, él piensa que si se sentara en el garaje del parqueo, llegaría a asimilarse la luz del Similor, la luz de la bisutería. Podría convertirse en ella.

Pájaros, rastros, cantos. ¿Estos pájaros son los mismos de ayer, los mismos que habrá mañana? O estos pájaros sólo son yuxtaposiciones —adornitos— sobre la muerte.
Puede ser..., aunque eso sí, el canto de los pájaros es vida.
Puede ser... Pero nunca se sabe nada.

La noche de bisutería en el lugar de diversiones que ahora han levantado al lado del Centro Comercial. Efectivamente, se levanta una noche de quincallería. Espectáculo como de un vanguardismo anacrónico y pueril. Pero, ¡cuánto de extraño, y hasta de maravilloso hay en este pedazo de noche! Es que..., bisutería, estructura de un cartón colorinesco, y este cartón colorinesco acaba por hacer recordar a Raymond Roussel.

Dos autos parqueados. Entre ellos, él pasa con su carrito. Siente entonces, por un momento, que pudiera estar en un film, ya que después del lugar donde están los autos, los pájaros negros, a lo Hitchcock, se obstinan en permanecer. Parecería, pues, que no se iban a levantar del suelo. Cuadratura que... Pero cuando él sigue avanzando con el carrito, los pájaros, como todos los pájaros comunes y corrientes, acaban por levantar el vuelo.

Le coloca los mandados en el maletero a una vieja gorda y vestida de blanco (puede que sea una enfermera). La gorda, que hasta entonces no había proferido palabra, le dice entonces: "La vida es demasiado dura".

¿Hay maldad, o sólo enfermedad? Cuando con su carrito le dio en el pie, el odio de una vieja se le salió a los ojos.

Domingo, día libre. Pero en su casa, solo, le queda el oleaje del Publix, como un estrépito de baratijas: cabezas que entran y salen, mujeres representadas por sus nalgas, niños con catarros de goma, etc.

Vuelve aquel tren de la infancia. Mas de mil veces ha pensado en esto. Oscurecía. ¿El tren se iba por una curva? ¿Qué curva? Iba con su padre. Hace más de cincuenta años que su padre ha muerto.

El hombre es "quasi vinculo e modo del mondo", decía Pico della Mirandola. Pero cuando se destiende la cama para llevar las sábanas a lavar, hay algo que ensombrece hasta el dicho de Pico.

En este mes, por distintas partes de la Playa Albina, se

levantan parques de diversiones: Estrellas, carruseles, carros locos. Y moviéndose las luces violetas, en la fiesta del consumismo.

¡Si su delantal del Publix se pudiera homologar con el bastón de Charlot! ¡Si la luna embistiera al parque de diversiones que han puesto al lado del Centro Comercial! Pero, ¡qué va!, el vanguardismo está demasiado lejos. Tan lejos como las películas silentes que vio en su infancia.

¿Hay maldad o sólo enfermedad? Almorzó en una cafetería. Estaba casi pegado a una vieja. Esta vieja con sus insultos, y después con sus quejas al Manager, estuvo al punto de hacer abortar a una cajera que tuvo que tragarse todos sus insultos.

Esa vieja de la cafetería se parecía, como una gota a otra gota, a la esposa idólatra (la esposa que hacía de agente de relaciones públicas de su cónyuge) de un artista famoso que él conoció en su juventud. Feo todo.

Hoy pasó por aquel lugar donde estaba un sofá destartalado. Aunque quizá el sofá siga ahí, pero escondido por la hierba, que ha crecido mucho.

Ya han adornado los estantes y colocado los turrones. El asistente del manager se pasó la tarde en eso.

El delantal del Publix. Esperando para ponchar la tarjeta. Eructan estrepitosamente unos jóvenes empacadores que acaban de almorzar.

El delantal del Publix. Un tarequito. Lo que sirve para ponchar la tarjeta. El safacón. La bicicleta de un bag boy amarrada a una mesa. Y esto además: manchas, visión de lo cremita desleído, y una textura como de barata materialidad. ¡Esto es el discurso! No hay duda, este es el discurso.

También el melodrama de una cajera. La cajera hablando del amor que tuvo por su ex marido. Le contesta, entonces, frente al mostrador, una vieja que habla de algo así como "el anochecer de una pasión". Quincalla sentimental que quizás pudiera pasar por un proceso donde habría concretización, y hasta reciclaje.

O sea, se repite el bag boy: el sentimentalismo melodramático, debidamente reciclado, puede convertirse en una pieza minimalista.

Mañana libre de trabajo. El bag boy la aprovecha para ver cómo tiene la diabetes. Pero al levantarse temprano, esperar al médico, recibir el pinchazo que le saque la sangre, salir de la consulta todavía en ayunas, etc., hay como pequeñas palabras, como visiones, como olores, que pudieran conducir a alguna parte. Giraudoux, se dijo el bag boy, habló de marcas que pudieran conducir a la expresión.

Acaba de hojear una *Enciclopedia del Mal Gusto* y le parece que, si tuviera tiempo, no le sería difícil elaborar algo semejante a esa Enciclopedia. Piensa en las catalogaciones que lograría si se pusiera a manejar los residuos Pop de su diario vivir en el Publix: esas palabras de algunos clientes que van a parar al inconsciente, esas visiones de bisutería que se meten como dentro de una zona subliminal, esos olores que pueden mezclarse con lo plástico de una visión camp.

"¿Qué es la felicidad y la infelicidad? Esto depende tan poco de las circunstancias; esto realmente sólo depende de lo que sucede dentro de una persona". Esto es de la última carta de Dietrich Bonhoeffer a su novia María von Wedemeyer.

Domingo por la noche. Fue a un Publix (aunque no a aquel donde trabaja, sino a otro que le queda más cerca de su casa) a comprar unas curitas para las ñáñaras que tiene en las manos, y también a comprar algo para comer. La angustia (esa angustia que es un desamparo) se le hizo bastante insoportable. Antes, en el televisor, había visto una película en que se mencionaban estas palabras del Apocalipsis: "Pero por cuanto eres tibio y no frío ni caliente, te vomitaré de mi boca".

Pero, ¿qué culpa tiene nadie de ser tibio? ¿Quién puede saber nada?

"Somos nebulosos, es nuestro mal", decía Chagall.

También dijo Chagall: "Con la edad uno mismo ve su vida. Observa dentro de sí como si estuviera fuera, pinta su interior como una naturaleza".

No está mal, no está mal eso de un Dios que nos deje sin Dios ("El Dios que está con nosotros es el Dios que nos abandona". Bonhoeffer). Pero hay que tener cuidado con las piruetas de los intelectuales, porque estos casi siempre, aunque sean teólogos, pueden terminar cagándola.

Tarde, domingo, oscurecer. El miedo de toda su vida, agravándose en las otoñales caídas de la tarde. Aunque no sólo ahí. Pues también hay un miedo (un desinflamiento) en ciertas noches de verano. Pero, ¿para qué hablar?

Temor. Temor manifiesto o, cuando no es así, temor a medias escondido.

Componentes del bag boy: 1-en un día nublado el caminar por entre solares yermos; 2-ruidaje de la ambulancia que pasa a toda mecha; 3-lo que ve vacío pero con la posibilidad de que se pueda meter dentro de una cajita.

"Cuanto más trabajo, es decir, cuando más debatimos nuestro ilusorio problema "ser-nada", es decir, cuando más angustiados estamos por la duda sobre nuestro "ser", más privados estaremos de la gozosa luz principal, y más captable quedará nuestra atención por la profundidad oscura. Cuando está captada gran parte de nuestra atención, nos queda muy poca para adaptarnos al mundo exterior; es lo que se llama "baja de la tensión psicológica", con imposibilidad de concentrarnos y todos los síntomas de la "psicastenia" (Benoit). ¡Pensar que bajo estos síntomas el bag boy ha vivido siempre!

En Miami Beach, noche de exposición de las fotos de Raúl Sentenat, el amigo del bag boy. Había la foto de un Publix iluminado. Entonces el bag boy pensó en aquella ciudad donde vivió Zaratustra: La Vaca Multicolor.
La compulsiva risa de Raúl. Puede que él sepa…

Otro Centro Comercial, frente al Centro Comercial donde está el Publix. Ahí está tintineando, con las brisas de otoño, la bandera norteamericana. Y ¡qué tintineo!, ¡qué ruidazo al mediodía! La bandera como si fuera un parabán de cartón que alguien continuamente desplegase.

La frase de Bernard Berenson, que Clarice Lispector utilizó

como epígrafe: "Una vida completa puede acabar en una identificación tan absoluta con el no-yo, que no habrá un yo para morir". Esto el bag boy lo traduce así: "En estos últimos años, a través de la atención, he podido lograr una identificación con fragmentos del no-yo para que así estos, utilizados como dentro de un juego, acaben siendo colocados dentro de unas cajitas".

O sea, variación sobre el tema anterior. Será que en esa naturaleza muerta en que uno va convirtiendo su vida (cita de Chagall), se puedan colocar, como piezas para cajitas, los fragmentos del no-yo.

La mujer parapetada (o, al menos, así parece), en el rincón del patio. El vecino, encaramado en una escalera que se apoya en una cerca, puede asomarse y ver a esa mujer del otro patio. Pero la mujer no, la mujer no ve a ese vecino que la está viendo desde lo alto de... Pero, desde aquí, el bag boy no puede leer más. El manuscrito se le convierte en un manchón ininteligible, y él sólo logra leer la palabra "enredado", y la palabra "horizonte".

Sólo un cremita marrón, un cremita en la acera. No hay más nada. También parece como si no hubiese habido más nada. El bag boy se dice que el horizonte sólo ha sido un manchón, que el horizonte sólo es un cremita.

Sentada, esperando el bus, en el banco de la acera. La joven, de rostro bastante común, era bastante insignificante (pero tenía esos ojos de ave, que a veces tienen los jóvenes). El bag boy empezó a ver que ella, compulsivamente, se daba con las manos en las rodillas. En el primer momento no comprendió. Pero enseguida sospechó que la joven estaba oyendo una música violenta, y acertó, pues al fijarse más, vio que la joven tenía, sobre su cabeza, un audífono. Fue por la noche. Aquello, no sabría decir por qué, le pareció muy raro.

La señora protestante (bautista) que vive al lado de la casa del bag boy, tiene el pie enyesado (se cayó sin causa aparente) y está padeciendo de una grave infección renal. La vecina vive sola; tendrá más de setenta años, y es soltera; vive para reunirse con los bautistas, siempre está mencionando a Dios. Por eso, piensa el bag, la noosfera del Teilhard de Chardin puede que esté encima de la casa. Y la vecina —es seguro— cuando se despierta por la noche, deberá ver, escuchar (o lo que sea) cómo Jehová anda merodeando por las calles del barrio.
Es bueno tener una vecina a quien Jehová asegura que las cosas andan bien.

La muchacha que se palmoteaba las rodillas con la música violenta. La vecina que cree en la salvación bautista. Dos imágenes, y el bag boy se pregunta por ese aire que lo impulsa a superponer esas dos imágenes.

Las hojas suenan, sonido es textura. Al frotarse con el foco de la luz, las hojas hacen como ruido de cartón. "El mundo está bien hecho", dijo el profesor Jorge Guillén. Sin embargo..., sin embargo..., se respira un oscuro trasfondo.

Hoy, día de dar gracias, está el Publix cerrado (ayer tuvo que trabajar diez horas), así que él camina en busca del sofá, y de la colchoneta, perdidas. Aquel sofá, aquella colchoneta, que ante veía en un solar yermo. Pero la hierba ha crecido demasiado. El sofá ha desaparecido.

Hoy escribe con cierta dificultad. Las manos se le han

vuelto a poner malas: llenas de heriditas. Esto quizás sea una infección que se coge en el Publix. Y también, piensa él, sería conveniente ponerse la vacuna contra el flu. Ya él tiene sesenta y cinco años; el flu puede ser peligroso; y con las lluvias que caen en el parqueo de ese Publix lleno de viejos y niños catarrientos, es muy posible que la gripe lo atrape.

El peruano, un viejo que dicen que fue funcionario de la ONU, ahora trabaja con él, conduciendo otro carrito. Una vez le preguntó al peruano: "¿Usted conoce a César Vallejo?", y el peruano le contestó: "Fue un gran poeta". Pero el peruano no lo saluda, o al menos, si puede, evita el saludo. No hay duda de que el ex funcionario de la ONU parece un fantasma, ya que, aunque a veces sonríe, no parece tener que ver con nada, ni con nadie.

Pero el bag boy se pregunta cómo él será visto por los demás. ¿Lo podrán confundir con el anciano peruano? Este se llama Elkis.

Algunas veces la gente se equivoca, y a él, al bag boy, lo llaman Elkis, como si él fuera el peruano.

Alguien ha dicho que el peruano, cuyo nombre y apellido es Elkis Caraza, tuvo un primo que fue un gran poeta en su país. El bag boy consultó, entonces, la Historia de la Literatura Hispanoamericana de Anderson Imbert, pero ahí no aparece ningún Caraza.

El peruano parece no tener un centavo (¿cómo, si no fuera así, se iba a dedicar a conducir un carrito), y, según dicen, no quiere regresar a su país.

"No es más que un ojo", dijo Cezanne de Monet. Y esto es lo que el bag boy quisiera ser.

"Persigo la naturaleza —decía Monet— sin poder aferrarla: este arroyo que ahora decrece, viene a hendirse; un día está verde, al siguiente amarillo y después seco; y mañana será un torrente tras la terrible lluvia que cae". El bag boy quisiera recoger lo que Monet perseguía en las vacilaciones de un arroyo. El quisiera anotar los cambios de un color, los matices de una textura, los…

El quisiera, también, apuntar la identidad de la musiquita del carrito de helados de los nicaragüenses.

Sin embargo, quizás por ser el que lleva el carrito del Publix, él no puede, como Monet, interesarse del todo en las variaciones de la luz y el color. Es que un hombre que lleva un carrito en el Publix, tiene que interesarse en esa artificialidad —como de baratijas de super mercado— que se encuentra en los colores puros. Un hombre con carrito tiene que interesarse en los colores de ese globo multicolor que está en la azotea del Centro Comercial.

¿Habrá una relación entre el globo multicolor y la musiquita del carrito de helados? ¿Pudiera esta relación —si la hay— expresarse como en discurso a lo John Cage? El sueño, con un texto minimalista, donde se pudiera hablar de todo esto.

"Y tus ojos tan bellos y graciosos, / como de una paloma muy preciada", decía fray Luis en el Cantar. Ojos de ave. Los ojos de la muchacha sentada en el banco, esperando el bus, no dejaban de tener cierta belleza.

El poco pelo de Elkis Caraza está teñido de un color crema oscuro (parece betún). Esto, dado que nada artificial puede ser bueno, resulta algo lamentable.

Lo malo del Publix son las emanaciones de la cafetería. ¡El olor es terrible! ¡Esos bisteques en el hornito! Un olor que se agrava, y se agrava, al mediodía, o sea, durante el trecho de tiempo infernal en esta Playa Albina, trecho en que la humedad llega a alcanzar un peso intolerable.

Emanaciones de la cafetería. Momentos en que el que conduce el carrito, parece como si estuviera oliendo…

En un teatrico de mala muerte, perteneciente a la Universidad de la Playa Albina, oye a pupilas, vestidas de blanco, ejecutar al piano piezas de Mozart. Esto, piensa él, es como para que después de salir de ahí, empiece un estilo de vida que sería como la encarnación de esta frase de Mallarmé: "Todo el abismo vano desplegado".

Pensar continuamente en la muerte, se dice. Es que la muerte lo asedia continuamente. Pero esto no puede ser sano.

Sábado; turno en el Publix de 4 a 9 de la noche. El hombre del carrito considera que este turno no está mal, pero lo amarga el catarro que tiene; el catarro no se le acaba de quitar. Caída de la tarde, Playa Albina. En el crepúsculo del Publix, grandes franjas cremita sobre fondos rosados. Él, el bag boy, es una naturaleza muerta, pero una naturaleza muerta que no se puede tocar. Quizás él no es.

Elkis Caraza, el peruano anciano, también trabajó hoy. El hombre del carrito lo saludó (¡no hay más remedio!, si el hombre del carrito no toma la iniciativa, el anciano Caraza no se da por aludido), y Elkis contestó con una breve, pero sonriente, señal en los ojos. Pero eso sí, el hombre del carrito percibió que la sonrisa estaba vacía.

Para la construcción del Similor. Por la mañana en un Super mercado (este Super Mercado es el Jumbo), para comprar unos sobres y unas cajitas con hamburguesas de vegetales. Por los portales del Centro Comercial sonaba una música como de quincalla. Era, por tanto, la baratija en estado puro; pero también parecía que era el despliegue del discurso del similor. Pues él se puso a pensar sobre esa música (sobre esa música, y sobre lo que la rodeaba —sus sentimientos también la rodeaban—), y llegó a la conclusión de que la quincalla se había convertido en naturaleza muerta.

Él, el bag boy, el fantasma habitante de un ghetto.

Al caer la noche. Ese miedo horrible. Ese miedo horrible; es lo viscoso, y como si tuviera un rostro. Lo enfermo viscoso de una noche que se adhiere a uno. ¡No hay salida! Lo viscoso es como el bronce de la noche. El bronce es...

Hace tiempo —se da cuenta ahora— que el cuadro que Guido Llinás le regaló, y que tiene colgado en la sala de su casa, se ha encerrado dentro de sí mismo.

La desesperación a pedacitos. El es una naturaleza muerta hecha con fragmentos de desesperación. Pero ¿el bag boy no está diciendo boberías?

La Realidad..., la Realidad. ¿Para un viejo qué puede significar la Realidad? El parece que va dejando de interesarse en eso. Aquellas preguntas de Nicodemo: "¿Cómo puede un hombre nacer siendo viejo? ¿Puede acaso entrar por segunda vez en el vientre de su madre, y nacer?", ¿son, verdaderamente, preguntas sobre la Realidad? ¿Pero a un viejo para qué le sirve saber lo que es la Realidad?

Oda a ese fragmento, presente, casi, en su ausencia. También: Casi en su ausencia, oda a ese fragmento, presente... O... O sea, que está tocando la posibilidad de un título para una oda que presiente. Pero lo curioso es que, mientras por su imaginación pasan diversos títulos, un gato gris, propiedad del vecino, atraviesa su patio. Hoy es Martes, no tiene que ir al Publix.

Sabe, a veces, que del todo no se ve a sí mismo. ¡Si se viera...! Seguro que hay que enceguecer. Si se viera, quizás no podría resistir su vejez más. Una humillación...

El manuscrito. Manuscrito con tachaduras, borrones, partes ininteligibles, partes suprimidas, etc. Quizás, se dice el bag boy, la vida de uno, al llegar la vejez y convertirse en naturaleza muerta, sólo es como Manuscrito roto. Un Manuscrito donde faltan palabras, frases, páginas. ¡Váyase a saber!

Parece que, en algún momento, uno dijo lo mismo que la niña Sylvia Plath cuando se enteró de la muerte de su padre: "No pienso volver a dirigirle la palabra a Dios".

En el sueño, el amigo le dijo que se iba a casar con Jesucristo; en el sueño Jesucristo era una jovencita. ¡Puñeta!

Al comer, su ka come con él. Esto es indudable. El ka que lo acompaña en las comidas es una voz ancestral; una voz que siempre narra, aunque con variaciones, el mismo relato pueril.

Domingo. Día libre. Camina con un amigo por el Tropical

Park. Hay churumbela de gente. Hay demasiada humedad. Lo alucina un árbol; árbol sin hojas, cubierto por pájaros negros. Así que frente a ese árbol, frente a esos pájaros negros, sobreviene el silencio, pero esto sólo por un instante, ya que el amigo que lo acompaña, se suelta a hablar sobre aquella escena de una película de los hermanos Marx, en que se zafan las amarras de la plataforma y ésta, que lleva una orquesta, se adentra en el mar.

Para la comprensión del similor. Todo: estatuas, voces, sentimientos, recuerdos, etc., se han ido convirtiendo en polvo de quincalla. O sea, como si su vida emocional se hubiese disuelto en una grasita; grasita que está constituida por el olor, sabor, de los objetos de un Discount, o de un Super Mercado.

Hoy, miércoles, es día libre del Publix. Entonces caminó por el lugar del solar yermo, donde estaba el sofá desvencijado, y la colchoneta, que antes miraba todos los días. Caminó en busca del sofá y de la colchoneta, pero inútilmente: los tarecos han desaparecido.

En el Capítulo 3, el Eclesiastés habla de esos tiempos: "tiempo de esparcir piedras, y tiempo de juntar piedras". Así pues, él tuvo un tiempo en que, sin hacer nada, se veía un sofá abandonado y una colchoneta en un solar yermo. Pero, ahora, él está en el tiempo del carrito del Publix, y ¿qué significará esto? Un tiempo de esparcir piedras y un tiempo de juntar piedras; parece un poco absurdo, pero la cosa es así.

Con el carrito, la música navideña. Cierto que la música indirecta del Publix casi no se oye, pero ahora contiene villancicos y, curiosamente, se la escucha mejor. Para el hombre del carrito esto resulta como atravesar por entre ondas alucinógenas, pero…[Y es que a este texto lo interfiere otro texto que contiene esta cita del quietista Miguel de Molinos: "Si nos diera ángeles por maestros, nos deslumbraran los demonios, que se transfiguran en ángeles de luz"].

Lo dicho en el anterior párrafo, también se puede leer de esta manera: "por el hemisferio derecho de su cerebro, peligrosamente el hombre del carrito entra en lo alucinógeno de una música navideña e indirecta, pero al mismo tiempo una cita de Molinos le advierte sobre el posible riesgo de la musiquita".

("Gradualmente ya no pude distinguir cuánto de mí mismo está en mí, y cuanto está ya en los otros. Soy un conglomerado, una monstruosidad modelada cada día de nuevo".)

Un roce rugoso, de piel del codo con borde de ventanilla del bus. Por lo que, como para empezar, la figurita estatuaria se levantó… (o sea, voz en su lineal recuerdo), pero él, sencillamente, la detuvo sólo con quitar ese codo que acababa de colocar sobre un borde.

Todo esto que se está diciendo el bag boy es puro autismo. Sólo puede entenderse así.

De todo hay en el Publix. Hasta clientes como el personaje de Borges a quien "le cruzaba la cara una cicatriz rencorosa". Pero hoy es día de Pascua y las cosas van importando poco. Noche pascual. Baratija (se estuvo a punto de escribir lagartija) arquitectónica de la Playa Albina. Se pasa, se vuelve a pasar, por delante de Centros Comerciales que son como lamentables ampliaciones de… sólo dicen lo… gigantescas tarjetas postales… es lo húmedo, como se ve… [El texto, el manuscrito, es un texto cortado. Demasiados puntos suspensivos].

Otra vez la brecha hacia el hemisferio derecho del cerebro: la musiquita navideña, subliminal, del Publix.

Clientes, y clientes, que pasan por el Publix. Un insoportable sujeto con cabezón como agrandada bola de billar; siempre exige que no le empaquen los mandados en bolsas plásticas, sino en cartuchos. ¡Cartuchos siempre! Pero lo peor de este cabezón es que encarna una cita de Zaratustra: "…y, realmente, debajo de la oreja se movía aún algo que era pequeño, y mísero y débil hasta el punto de provocar lástima. Y verdaderamente la monstruosa oreja se asentaba sobre una pequeña varilla delgada —¡y la varilla era un hombre!—. Quien mirase con una lente podría haber reconocido aún un pequeño rostro envidioso; y también que en la varilla se balanceaba una abultada almita".

Gaviotas parecen. ¿De dónde procederán? Alineadas, inmóviles, en una parte del parqueo del Publix.
Pero otras veces, durante la jornada de trabajo, las gaviotas han volado al ras del hombre del carrito.

Día muy claro. Día de fresco diciembre. Por un momento, el hombre del carrito solo ve lo siguiente: bandera norteamericana, pedazo azul de un cielo, y lo verde de un garage. El similor no es solo lo que el Diccionario dice que es, sino también una especie de visión, y una especie de textura, y…

Día de Año Nuevo. En un parqueo del Centro Comercial Burdines, la tienda va a abrir a las 12 del día, y él va a cambiar una camisa de cuello. La estela de un avión que pasa. El ruido de unos pájaros escondidos en los árboles del parqueo. También los edificios del Centro Comercial parecen como baratijas arqueológicas (anacrónicamente, en su presente, son ya un pasado de quincalla). Un sepia como una ausencia. Más nada. Pero, en ciertos momentos, el ruido de los pájaros llega a ser confortable.

Vivir lo seco hasta el final.

El Manuscrito, o lo que también puede llamarse el "Texto roto", puede ser considerado como una manifestación escrita de la voz perdida, de la voz del hemisferio cerebral derecho.

En una tienda del Centro Comercial había a la venta disquitos de jade con sus agujeritos. ¿Onfalos de quincallería? Hay una extraña sensualidad en sentir que pueda haber onfalos de quincallería.

Y siempre el miedo. Desinflamiento que hay en el miedo. Pero, sobre todo, ese hielo que hay en el desinflamiento. ¿Cómo el bag boy puede hacerse entender?

Un hombre como si fuera un perro, semejante a una figura pintada por el Bosco. Este hombre se le aparece al bag boy obsesivamente, cuando él está bajo el miedo. Eso no es nada bueno.

"El mundo está bien hecho", a lo Jorge Guillén. Así que viejo barbero que pela al bag boy, tiene en la radio un programa con canciones románticas de la década del 50. "Damisela encantadora". "La última noche que pasé contigo". "Amame mucho".

"Estas sí son canciones", dice el barbero del bag boy. Y es que él también, al igual que Jorge Guillén, cree que el mundo está bien hecho.

Ve unos pájaros posados sobre el tendido eléctrico. Los ve, el hombre del carrito, cuando sale de la barbería para ir hacia el Publix.

¿Dónde está el peruano Elkis Caraza? ¿Se habrá ido de la Playa Albina?

Para la construcción del Similor. Tener en cuenta esa clase de arte (Robert Rauschenberg) que consiste en darle un ligero toque a las cosas ordinarias. Un arte para el hombre del carrito. Un arte en que se pueda estar con toda la vida ordinaria. Lo Pop.

Al salir de la Biblioteca, una fría, buena mañana de sábado. Esto es como para tener paz. Pero, desgraciadamente, el bag boy siempre lleva al mono borracho. Y, por supuesto, intenta controlar al mono. Lo intenta en la acera. Unos pasos que... Pasos con una nueva línea, que servirían para eliminar al mono. Pues una nueva línea, según William Carlos Williams, es una nueva mente.

El amarillo de unas latas en la estantería del Publix. Al pasar junto a lo amarillo de unas latas, el hombre del carrito respiró el sabor de un Viernes Santo que estuvo en su infancia. ¡Asunto muy extraño! Pues desde ahí, el hombre del carrito puede entrever unos objetos Pop que consisten en latas amarillas con sabor a Viernes Santo.

Creía que el peruano Carasa se había ido, pero no, ayer estaba en el Publix: distante, sin saludar, y mirando para los celajes.

También ayer apareció la vieja maestra pinareña. ¿Por qué no vendría al Publix en estos días de fiesta? ¿Sería porque le sacaron un ojo?

Ella tiene un abrigo que le llega hasta los pies. Y, por primera vez, alguien la acompañaba. Al irse, el bag boy la vio darle un beso a un empleado y decirle: —Hasta que nos volvamos a ver.

Domingo, sin trabajo. Sale al patio, por la noche, para sacar el safacón. Lo negro de la noche se convierte en un buen manchón azul. Dicen que ese manchón azul (que esa luz azul) puede estar en las estrellas, puede estar en el cuerpo humano, puede estar en muchos objetos. Y como casi siempre el miedo está en el hombre del carrito, el miedo está, ahora, bajo el manchón azul.

Ayer, un sábado sin trabajo, pero por la tarde tuvo que ir al Publix, para asistir a una asamblea. Lo peor, piensa el bag, es que se pueda convertir en un alguien invisible.

El bag boy se mira, pero no se entiende mucho. O sí, se entiende. O es como si fuera las cosas pasadas.

No, no, se entiende y casi se entiende. Aunque... Hay luz ahora, pero no es mucho lo que él entiende.

El hombre en peso. El hombre del carrito. Una responsabilidad su peso, pero una responsabilidad que apenas tiene sentido.

"¡Oh, cerveza! ¡Oh Hodgson, Guinness, Bass! ¡Nombres que deberían estar en los labios de todos los niños!"

Claro que sí, claro que la cerveza debería ser aclamada por los niños. Por lo que, en esta tarde (clara y limpia tarde), como que hay una irreal luna, parecida a papel de china.

No es más que un chorretazo blanco. Una línea de espuma blanca que en el cielo azul acaba de trazar un avión. También el hombre del carrito mira a las gaviotas, trepadas sobre algunos postes del parqueo. ¡Espectáculo increíble! El aprieta el carrito con sus manos enguantadas (ya tiene las manos enguantadas). Aprieta, el hombre, el carrito que conduce. La vida, cada día, puede que se narre como un chorro de espuma. Con sólo unas gaviotas. Puede ser que el día sea sólo eso. Pueden ser los días sólo eso.

Un trazado muy irregular. Oscurece con trazado muy irregular. El cielo como grandes manchones de tinta negra. Manchones que, de vez en cuando, dejan ver agujeros rosados.

O sea, se dice a sí mismo el bag boy: agujeros rosados de cielo con tinta negra, y esto para conseguir lo fractal. Pero hay otro, otro que también conduce un carrito, y quien dice que, seguramente, dentro de poco va a empezar a llover.

Después de estar bastante tiempo en el Publix, el bag boy regresa, por la noche, a la casa, y se baña. Después, sobreviene la tele, sin ruido. Él le ha quitado el ruido a la tele, y ve sólo imágenes mudas: escenas albinas, con gordos que vociferan —aunque, por supuesto, sin sonido—, gordos que se parecen a algunos clientes que él atiende en el Publix. Todo mucho...Todo en silencio. Y afuera comienza a llover. Y él tiene miedo. Miedo a que su angustia resulte intolerable.

Los mechones amarillentos, teñidos, del viejo peruano que trabaja en el Publix. / Los mechones amarillentos cuando, en el turno nocturno, aparecen bajo la luz neón.

Con cierta dificultad camina por ese trillo yerboso. Como de goma el sonido de los autos que pasan. Es pof... Es catapún, en textura de goma, el sonido de los autos que pasan. Camina rápido. Mira hacia los lados. Esto, cuando lo sorprende el recuerdo de un verso de Barba Jacob: "y era una llama al viento". ¿Puede, él, ser una llama al viento? Paf..., los autos..., como si fueran de cartón.

Nublado cielo, desteñido y feo. Pájaros, recorriendo el espacio del parqueo, pósense sobre techos de algunos carros. Pájaros, también, casi tocan el pelo del que lleva el carrito, pero éste mira para el techo del Publix y siente como si el pasado fuera un áspero bulto. Bulto como lo nublado.

Movimiento de un mercurio... Olas de un mercurio... Mercurio...

Sentado y esperando el momento en que ha de partir para hacer el turno de las 2 de la tarde. Es día claro, sereno, aunque desgraciadamente un tanto caluroso (¿y cuándo, en esta Playa Albina, no hay días calurosos?). Espera, y también podemos decir que se encuentra ansioso —un tanto sobresaltado—, pero sin que podamos señalar la causa de la ansiedad, del sobresalto. No lo podemos señalar, pero el hecho es así, como si algo fuera a suceder, como si algo se fuera a romper; pero, por supuesto, nada sucederá, ni nada se romperá; aunque, y esto sí es malo, el siente cierta tensión en el pecho. Se siente, pues, bajo una cenestesia desagradable. Esperando el turno de las 2 de la tarde. Mientras, también, una desleída mariposa vuela por el patio. Mientras, también, un absurdo toque de peces por sus manos. Ese toque puede transformarse en lo doloroso.

Efectivamente, lo que se quisiera con este Diario sería registrar, a lo René Char, las páginas pobretonas. Registrar las páginas sin valor, las páginas escasas. Estas páginas podrían ser como la musiquita subliminal, barata, que se oye en el Publix.

O sea, el proceso como lo siguiente: primero el silencio; después, el silencio originando la musiquita barata, subliminal; entonces la página, que al tratar de describir la musiquita barata, como que haría el pastiche del silencio original. Esto se lo dice el bag, pero esto no tiene sentido, quizás.

Bulldozer sobre el solar yermo. Ha desaparecido, para siempre, el sofá desvencijado, y la colchoneta.

Vuelve a hacer un paseo por la tarde. Vuelve a pasar frente al solar yermo. Ahora se da cuenta que en el lugar donde debía haber estado el sofá, han tirado el carrito de un supermercado (mucha gente, en esta Playa Albina, se lleva los carritos de los mercados para, después, dejarlos tirados en cualquier lugar). Pero la tarde es espléndida, y unos pájaros cruzan.

Domingo humoso, domingo nublado. Es la música que como que arrastra un pasado. Música con fantasmas (en este caso es la sonata para cello y piano de Beethoven). La música…, y ha vuelto a pasar por el solar yermo. Hay una zona que todavía no ha sido desmochada, una zona donde hay un raro fragmento (¿un fragmento con el pedazo del tubo de un auto?). Pero lo interesante es que, además de oír (mentalmente, por supuesto) la música de Beethoven, él oye un ruido parecido a una cosa. ¿Parecido a una cosa?

Hoy, sábado, el bag boy no tiene que ir al Publix. Es día de buen fresco invernal, y él hace su "paseo repetitivo" (el paseo repetitivo es aquel por donde se va por los mismos lugares). Así que él pasa por el solar yermo donde estuvo el sofá desvencijado. Y ahí, con la claridad de la mañana, y la buena frialdad invernal, se siente acompañado por una cenestesia extraña. Una extraña cenestesia en que la tierra del solar yermo se aposenta en sus dedos, mientras que un pedazo de relato gira por su brazo izquierdo (el brazo de los dioses). Eso, sin duda, le resulta muy confortable. Por lo que, entonces, dirige su mirada hacia el lugar donde está el Discount de la Farmacia Navarro, y de esa manera, logra pasearse por el aire, montado en un globo amarillo.

Fijar un bombillo, un insecto. Insecto revoloteando. Revoloteando el insecto alrededor del bombillo. Por lo que, se dice el bag boy, se debe anular cualquier otro elemento. Quedarse solo, con textura barata.

Aunque el ruido del televisor invade la casa del bag, no deja de haber un pequeño trillo de silencio. Pequeño trillo que es… ¿Que es cómo? ¿Cómo entrar en ese trillo? ¿Adónde conduce ese trillo?

Siguen los pájaros, siguen las gaviotas. Algunas veces hacen dibujos grises.

El recuerdo absurdo que siempre sobreviene. Repetir, repetir, repetir. Fue en la caída de la tarde. Un ferrocarril parecía girar, hacia un misterioso nivel. ¿Hacia dónde? Repetir, repetir. Él iba con su padre. Extraño.

A la noche, el bag boy va en busca de arroz frito al Mall de las Américas. Cataratas artificiales ruedan sobre dos puertas de cristal. Parece como si hubiese cristalitos rosados, cristalitos morados. Y un viejo miedo (un miedo de siempre; un miedo que ha durado toda su vida), horriblemente, ahora late dentro de él. Ese miedo parece como un asqueroso animal que, agazapado dentro de su cuerpo, en cualquier momento pudiera saltar. Es sencillamente horrible.

Olor a desinfectante en la sala de la Unidad de Salud Mental (¿por qué el bag recuerda eso?). Cuando... Él podía caerse en pedazos. Y el viento sobre el colorinesco papel picado de una galería del Mall. Esto puede ser divertido, paro no para aquel que está bajo el pánico.

Truquería de un feliz cielo azul. Fue por la mañana, pero muy poco duró.

Piensa que allá, en el Publix, él se ha ajustado a una fantasmal (¿por qué fantasmal?) disciplina. Recoge papelitos del suelo (un bag boy debe recoger los papelitos del suelo); a veces, pasa el mapo por el piso; nota que va extremando su vigilancia; hace nudos en las bolsas plásticas, sin siquiera mirarlas. Pero lo extraño de esto son los caminos, o direcciones invisibles que... Como si él se condujera bajo el solapado murmullo subliminal de la música indirecta.

Deshojado. Pueril hojalata, en esta mañana.

Vio, caminando por la acera, al peruano fantasma que trabaja en el Publix.

Lo infinitesimal de una lejana conversación. Una conversación que apenas parece una conversación. / En el barrio donde vive el bag, pasan algunos autos, pero la gente se mantiene dentro de las casas.

Cae la tarde en el día nublado, y vuelve el terror, el agazapado animal. Es horrible. Un debilitamiento —se dice el bag boy—. Un derretimiento —se dice el bag boy—. Quizás las pesadillas, que asaltan a ciertos enfermos mentales, tengan algo que ver con este miedo.

Crema amarillenta para untarse en la cara. Después. Secarse con el klínex. Boca roja. ¡Boca roja! Para componer un relato que... La cosa podría ser así: 1-crema, klínex, boca roja; 2-colocado, lo anterior, en un cuadrado que bien pudiera estar iluminado por luz neón; 3-entonces, comenzaría el relato.

Lo lóbrego. En plena noche. De bronce el cielo cerrado. El bag boy conoce la experiencia del cielo de bronce. Y también, en la noche, la lluvia. Lluvia con el terror. Y lo peor es que esto no es literatura.

Iluminación de una fonda, fría y pobretona. El bag boy no sabe decir por qué, esa iluminación, se parece al carrito de helados de los nicaragüenses. Bajo ella, bajo esa iluminación, el bag boy come unas croquetas preparadas. El jugo de toronja, servido en un vaso plástico, lo lleva a recordar la Laguna de los Cristales que él conoció en su infancia. Había un Central Australia. Pero ahora está lloviendo.

Sale, hoy, del Publix, a las 3 de la tarde. En el canal flota un melón. Las calles, atravesadas por la musiquita del carrito de helados de los nicas. Y, en un cierto trecho de la acera, empiezan sus pies a ser conducidos por un fantasma. Conducidos por un túnel fresco, muy fresco. El túnel debe desembocar en... Cuando él era un colegial, y no un bag boy, había un lugar donde, él, merendaba.

Así que se alegró de regresar temprano del Publix. Por ello, jubiloso, esperó la hora de la comida. Se transformó, durante un rato, en un ser receptivo y pueril: tenía la esperanza de que le sobreviniese, para después narrárselo en el momento de la comida, un mini-cuento. Los ojos, también, se le alegraron, y como los ojos también se le alegraron, durante algunos minutos miró hacia un lejano bombillo (el bombillo situado en la parte de atrás de una casa del Reparto Madeira). Y es que el bombillo parecía contener un potencial de "intrepidez aventurera" (o sea, una capacidad para abrir una perspectiva encantada). Pero, ¡qué delirios estaba tratando de decirse el bag boy! Son, sin duda, las alucinaciones de un viejo del Publix, que regresa a las 3 de la tarde. La vida es bastante extraña.

Un Fantasma ensayando pompas de jabón. Una de esas pompas, de pronto, se agranda. Se agranda. Dentro de una sala que el bag boy vio, o soñó, en un lugar de la infancia. Habría que buscar la forma, el volumen, la luz, de esa sala; pero, todo demasiado lejos. Una pompa que…

Lo extraño de un Motel. Hoy no podía faltar esa extrañeza. Un Motel aquí, en esta Playa Albina donde sueña un bag boy, siempre surge.

Pero, antes de que se fuera del Publix, miró al globo grande que está en la azotea del Centro Comercial. El irascible grito de una jirafa, seguro que sí. Y campanas diseñadas por Walt Disney. Y, en cualquier descuido, todo eso pudiera materializarse.

Manchones crema, sobre la acera. Un matiz especial. Una esperanza… Pero ¿cuándo llegará, para el bag boy, el momento de que todo eso entregue su historia escondida?

Vuelve a tener, hoy, el turno que dura hasta las 3. Por lo que puede regresar temprano a su casa, para así experimentar la sensualidad del "llegar pronto" cuando, sentado en la terraza, se come un yogur para diabéticos. También, en la terraza, oye dos cosas: la musiquita del carrito de helados de los nicas, y el ruido de una sierra.

Una mesa coja, en el patio de unos nicas. Hay mucho humo. Por alguna parte debe haber un incendio.

El Fetiche es un muñeco que está compuesto por: 1-algunas fichas de aquel dominó que, en la infancia, se jugaba en el hotel de un pueblo de campo; 2-vistas fotográficas de ese globo que está en la azotea del Centro Comercial; 3-el boleto de ferrocarril de aquel, casi soñado, viaje que hizo con su padre; 4-retrato de Tom Mix; 5-menú, pero roto, de un restaurant de 1936; 6-programa del Cine Violeta (también 1936) anunciando una película de Greta Garbo; 7-retrato ovalado de un difunto; y 8-papel periódico, con el pedazo de una poesía de Rubén Darío.

Dentadura postiza de un viejo norteamericano (tiene 72 años) que trabaja de bag boy. Hay muchachas con caras de ave. En el Publix se oía hoy, aunque muy lejanamente, la subliminal música: un vals de Johann Strauss.

Los viejos bag boys tienen, al manejar sus carritos, sus peculiaridades. Se podría hacer una prolija descripción de eso. Pues algunos conducen como si estuvieran agachados. Otros, parecen que navegan.

A veces él, conduciendo el carrito, siente como si mirara a un espejo, a un espejo donde habría un fantasma. Pero, por suerte, esto sólo le sucede durante una fracción de segundo. A veces, los bag boys conducen sin mirarse unos a otros; otras veces sonríen; y, algunas veces, parecen ignorarlo todo. El más alelado es Elkis, quien fuera traductor de la ONU (ahora nos enteramos); mientras que, el más despierto, lo es el ex diplomático nica (y también ex alumno de Edmundo O'Gorman) Adolfo Sinclair.

A veces, al regresar del parqueo con su carrito, el bag boy manco, Arnulfo, repite un cuento que estaba vigente en su país hace cuarenta años. Luis, el viejo bag boy, se queja de que, al limpiar el retrete, se encontró conque alguien había orinado fuera de la taza. Y muchas veces, en el salón de descanso, los jóvenes que trabajan en el almacén, compiten para ver quién es que lanza el eructo más prolongado.

Ahora, una gran palabra en azul, sobre la azotea de uno de los edificios del Centro Comercial, cercano al Publix. La palabra es:

POLITECHNICAL

En la música subliminal, Julio Iglesias canta una canción. El hombre del carrito la oye, a eso de las cuatro de la tarde.

Mientras iba con el carrito por el parqueo, alucinado con la palabra POLITECHNICAL, vio que salía corriendo Davis, Ayudante del Manager. Desaforado. Parecía que gritaba, pero el hombre del carrito, debido a la distancia, no podía saber si Davis estaba o no gritando. Aunque lo que sí era cierto es que estaba como un descentrado. Seguía corriendo. Parecía que llamaba a alguien. Y, lo más raro, es que parecía como si se estuviera poniendo una camisa (pero ¿cómo podía ser esto?).

Aunque tampoco después, cuando el hombre del carrito regresó al edificio del Publix, y oyó a Julio Iglesias en versión subliminal, supo nada de lo que le había pasado a Davis. Es que, quizás, el hombre del carrito no tenía interés en averiguar nada.

La más plausible razón es que Davis estuviera persiguiendo

a un ladrón. Pero ¿por qué parecía que Davis se estaba poniendo una camisa?

De anotar es que había gaviotas. Buena cantidad de gaviotas, en el parqueo del Publix. Un cliente dijo que, debido a que el mar estaba extremadamente revuelto, lo que mejor podían hacer las gaviotas era meterse en el parqueo del Publix. Y esto, si se mira bien, puede ser un Discurso. Un discurso con gaviotas que han abandonado mar revuelto, para así inducir la canción subliminal que canta Julio Iglesias, y la azul palabra POLITECHNICAL, y al personaje ayudante Davis poniéndose la camisa. Pero ¿por qué el bag boy se imagina este Discurso absurdo?

No voy a seguir con esta imaginación —se dice el bag boy—. No me voy a meter en camisa de 11 varas.

Un sol rojo verdaderamente espléndido, al salir del Publix. Verdaderamente espléndido.

A eso de las tres de la tarde avanzaba, con el carrito avanzaba Arnulfo. Lo raro es que el carrito permanecía en el mismo lugar, advirtiendo que nunca aumentaría de tamaño (¿qué significaba esto?). Es que, como Arnulfo tenía catarro, parecía no sólo que había disminuido de tamaño, sino que también el carrito había disminuido (¿qué significaba esto?). O es que cruzaba por una diagonal del parqueo. O la alucinación consistía en que el carrito subía por un desnivel. Un carrito, como que, en cierto momento le costara avanzar. Pero esto, si no era una alucinación, podía ser una figuración del hombre del carrito, ya que éste, de la misma manera que había estado demasiado lejos de Davis, también estaba demasiado lejos de Arnulfo como para poder comprobar las consecuencias de un desnivel.

Pero vamos a dejar una cosa en claro. Al salir del Publix,

el bag boy vio un sol rojo, rojísimo. También disfrutó de la azul palabra POLITECHNICAL. Y es que pudiera haber un Discurso que pudiera unir distintas cosas, pero no había simultaneidad entre sol rojo y azul POLITECHNICAL, ya que las palabras permanecían separadas. Y nada de esto tenía sentido, pero este disparate era el que soñaba el bag boy.

Se ha intensificado la campaña del manager para cazar a los bag boys que reciban propinas. ¡Los bag boys, aunque está prohibido, reciben propinas! Y por eso al colombiano Bill, ayudante del asistente del manager, se le vio hoy aguzando su vista como si estuviera provisto de un catalejo, y esto con el sólo objeto de cazar a los infractores.

Para la fiesta de mañana, Día de los Enamorados, en mesa rectangular colección de panquecitos. Cakes diminutos. 6 cakes diminutos en sus respectivas cajas plásticas y con las siguientes características: redondos (como redondos son los cakes normales de los que ellos son una reducción); diversamente coloreados (o sea, rojos, o cremas, o amarillos, o carmelitas); y con una capita de merengue en su parte superior.

Sucede que Luis, el viejo bag boy, pasa en diagonal cuando el hombre del carrito está frente a uno de los mostradores. El hombre del carrito, en ese momento, está alucinado con la música subliminal. Así que, de esta manera, se produce la siguiente, y muy interesante mixtura: una incisión de la diagonal trazada por Luis sobre la añoranza que la música subliminal instila. ¡Vaya discurso!

Ella, la ecuatoriana, se ve obligada, compulsivamente, a repetir tres veces. Está indagando, en llamada telefónica, sobre las posibles casas en venta en el Reparto Gran Coral. "Cuando podré, podré, podré, ver una de esas casas", dice la ecuatoriana. "Mañana volveré a llamar, volveré, volveré", también dijo la ecuatoriana. Y no es que sea gaga, es que es compulsiva.

Regala unos tulipanes, comprados en el supermercado Jumbo.

"Sobre la vida real", dice Bachelard: "se porta mejor, si se le da sus merecidas vacaciones de irrealidad".

Hay sonidos subliminales que quizás toquen el hemisferio derecho del cerebro y, con ello, despierten viejos fantasmas. Por ejemplo, en la televisión, un vecino ve las Olimpiadas de Invierno, por lo que en ciertos momentos, como en segundo plano, se cuela la voz de un alguien que también anuncia algo. Y esa voz, voz como de segundo plano, voz como de altoparlante fantasmal, es como si se introdujera por el inconsciente, hasta llegar a materializarse en un extraño recuerdo que puede ubicarse en 1936. Pero, ¿qué es esa voz? Ella cuenta los puntos de los ganadores y, a la vez, parece como un agua que remueve. Pero, ¿cómo traducir en palabras esa impresión?

Música indirecta del Publix, música del carrito de helados de los nicas, y esa voz de las Olimpiadas de Invierno. ¿Hay ahí un común denominador? ¿Son sustentadas por el hemisferio derecho?

Manchón de pájaros negros en la azotea del Publix. Las gaviotas están en el parqueo. Luz que ilumina todo esto.
Ahora, a la palabra azul Politechnical se le añade la palabra azul Institute:

POLITECHNICAL INSTITUTE

Palabras azules en trecho blanco de edificio. Este trecho ahora, a las 12 del día, está iluminado por la luz blanca del pintor Hooper. La luz blanca se asocia al recuerdo de los hospitales, y aunque esto pueda parecer delirante, también se le asocia, al bag boy, con el recuerdo olfativo de esos desinfectantes que derraman por los corredores de los hospitales.

Por la noche, en su casa el bag, oye música de Brahms, en piano. Mientras la escucha, obsesivamente mira hacia un paraguas que está recostado en la pared. Sí, Brahms, y un paraguas.

POLITECHNICAL INSTITUTE
OF FLORIDA

En la pared blanca, debajo del Politechnical Institute han colocado el of Florida. Pero el bag advierte que el blanco (a lo Hooper) de la pared queda, hoy, como borrado por lo húmedo y churrioso de la Playa Albina. El bag se dice que es un blanco, pero un blanco que ya no es blanco, un blanco albino.

Tarde húmeda. "Tiene el color del agua de una pecera", se dice el bag boy.

En la noche, la luz elétrica, fría, del almacén Kmart. 17 televisores con el mismo hombre de camisa azul, por la pantalla. La luz eléctrica, fría, le cuenta minicuentos. Pero, ¿qué minicuentos pueden ser? ¡Extraña alucinación!, se dice el bag.

Schopenhauer decía que al escuchar la música, un hombre obtenía la directa revelación de la realidad. Pero no sólo es la música la que revela, pues hasta un puro sonido, o hasta un ruido, puede producir una extraña, alucinatoria, señal. ¿Comprensión del hemisferio cerebral? ¿Derecho? Música de los altoparlantes en las Olimpiadas…, música del carrito de helados... "En fin", se dice el bag.

"Lo que más interesaba en un tobogán por donde se deslizaban fantasmas pequeñitos, hombrecitos como fetos. Esto con aura como de radiografía, en cuadro muy movido. En fin, una pintura de Playa Albina, pero una pintura en que el pintor haría radiografía última de sus imágenes. Y, también, aquello se iría oscureciendo: grisácea sería la atmósfera del cuadro. Además, se estará seguro que una vez que salgan, del tobogán, los fantasmas, estos, presos de una fiebre de movimiento, harán tales cosas como las siguientes: a) cruzar por caminos que son diagonales; b) jugar en un trapecio; c) llevar, hasta el final, un irreal ejercicio".

Estas son las cosas que se dice el hombre que conduce un carrito.

"Gajos de miradas. Advertencias. Sobre todo —y esto es lo peor—, gajos de experiencias que no se integran. Como un alucinado se navega entre ellas, pero ellas no se integran. *To go without*".

Esto también se dice el hombre que conduce un carrito. Créanlo.

III. Y siempre el basurero

Y siempre el basurero: en el espejo, en los sueños. De vuelta..., respirar apenas..., sueños horribles. Entonces, lo que puede aliviar a un bag boy es un Valium. Carrusel de miserias.

Mataron un gato en el Reparto Gran Canal. Apesta, tendido en la acera.

Domingo es hoy, pero mañana los buenos pájaros volarán sobre la blanquísima azotea del Publix. Y etc., etc.

Gaviotas en el parqueo del Publix. Pedacito de paisaje marciano (aunque este pedacito es sólo por un momento).

En esta sala de la casa del boy, donde se oye la musiquita del carrito de helados, y donde un unicornio negro parece estar dentro de un cuadro. Al oscurecer, hoy, una lagartija se escondió detrás del cuadro.

Viernes, fin de semana. Sólo 24 horas de trabajo en el Publix. Un amigo lo entera de una luz amarilla que está relacionada con las cefeidas. Eso es bueno saberlo.

Alucina, alucina su poco. Voz lejana de un hombre, en el altoparlante de un estadio. Lejana la voz, es de noche.

...una silla vacía... y estar perdidos, luchando contra fuerzas que se desconocen.

Bastante malos los sueños. Cenestesias muy desagradables (por no decir otra cosa). Pero el boy tiene que vivir con eso.

Un pedazo cónico. Un tubo incandescente. Música pesada, golpeando; eso a lo lejos.

Una segunda conciencia. "Esta segunda, y más fría conciencia se manifiesta en la capacidad cada vez más acusada para verse a sí mismo". Ernst Jünger.

Estuco. ¿Por qué piensa en estuco? La música indirecta del Publix, ahora con una melodía sentimental de película de la década del 40. Se acaba, él, de ponerse su delantal de trabajo. Y el pobretón Snake Bar, con sus plásticos y su mostrador de lata mala. Luce más mediodía que nunca.

Demasiado tun...bate...tun. Trastorno. Es la cavernosa música dentro de un auto que recorre las calles del barrio donde vive. O sea, es esa música que tiene por objeto llegar a ensordecer a los jóvenes (los jóvenes imbéciles la escuchan en sus carros). Es por la noche, son las 11 y media de la noche; pisada de elefante, la música se difunde como la sonorización de una enorme cagada. ¡Qué horror! Pero ¿por qué esta música de los mongólicos jóvenes tiene relación con todo lo que se puede apuntar en este Diario? Extraño..., la música de los mongólicos de cierta manera se relaciona con todo; se relaciona con el carrito del Publix, se relaciona con las gaviotas de la Playa Albina; se relaciona con todo. Extraño... ¿Esto es el *To go without*?

Hay que permanecer impasible. El hombre del carrito debe permanecer impasible, No se puede perder la compostura cuando, en el mostrador de la Línea 8 aparece una monstruosa vieja rinoceronte, con una bata que le mete miedo al miedo. Tampoco, por supuesto, ningún bag boy se puede reír ante semejante espectáculo. Así que, lo mejor que puede hacer el hombre del carrito es hacerse el distraído y dejar, si puede, la Línea 8 donde está el rinoceronte hembra, para así ocuparse de la Línea 7, o de la Línea 6, donde no se sabe qué monstruos pueda haber.

No hay trabajo y punto. Hoy es día de asueto. Un bonito día grisáceo, como si estuviéramos en Londres. Alguien tiene puestos unos lentes descomunales. Hay una hermosa mata con flores color lila. Y a lo lejos —es el mediodía— se oye al elefante; la música electrónica, o lo que carajo sea, del auto de los jóvenes imbéciles.

Diagonal. En diagonal. Hierbitas en el parqueo de un restaurant. Parece que lo gris del tiempo ahuyenta a la gente. Unos viejos (dos parejas de viejos, exactamente) vienen y van por el parqueo. Pero él no ha dado ni cinco pasos, y ya se pone a soñar con un mundo donde la identidad estuviera totalmente abolida.

"Hay en nosotros un extraño impulso —nada fácil de describir— a dotar el proceso de la vida de un carácter de portaobjetos preparado para el microscopio". Ernst Jünger.

Como en programa de computadora. Un personaje dice: "El es un gaznápiro". Pero como decir gaznápiro parece desvirtuar la cosa (aunque habría que explicar por qué la palabra gaznápiro puede desvirtuar un asunto), entonces se echa a perder el relato. Por lo que entonces, para cambiar la cosa, se toca una tecla y el personaje dice: "Él es un bobo". Dice y todo empieza a funcionar bien. Sólo, pues, al cambiar gaznápiro por bobo.

Ayer, al mediodía, tres cajeras almorzando en la sala de espera. Apareció joven que trabaja en el Almacén y dijo: "Hay olor a pescado". "Más bien es olor a bacalao", contestó una cajera. Pero entonces otra cajera, una nica, le puso la tapa al pomo cuando dijo: "No, no es olor a pescado, sólo hueles a tres mujeres que estamos aquí". Por lo que así, con esta contesta de la cajera nica donde el olor del sexo, se asomó el fantasma de Dulita, la niña de 11 años que suscitaba los relatos masturbatorios de Dalí.

Pedazos masturbatorios, mediodía…, pero es que hay una capa de memoria que puede cubrir. Estamos inconscientes de esa capa, pero ésta puede existir. ¿Cómo? He aquí un ejemplo: muchas veces, cuando al mediodía anda por el parqueo, sobre su piel el hombre del carrito sorprende la capa viscosa, la capa de memoria, viscosa, por donde asoma en su memoria, con la misma consistencia de un film, la carreta llena de carne que, al mediodía, cruzaba las calles de Jagüey Grande, hace ya sesenta años. Pues bien, esta capa de memoria, también puede contener a Dulita, el fantasma masturbatorio.

Domingo, por tanto es día de asueto. Un pequeño zepelín en el cielo claro. Se cruza el puentecito que desemboca en un Hospital. El olor a desinfectante del Hospital, no hay duda que es la muerte. Aunque no rechaza ese borde de angustia, él se detiene. Sólo el amor podría…, pero…

Bum, bum en el autoestéreo. Va el auto por la calle. El también, caminando por la calle. Caminando desde su casa hasta el Publix y, curiosamente, en todo ese tramo no se deja de oír el canto de los pájaros. El Padre Las Casas decía que había una isla que se podía recorrer, de un extremo a otro, bajo la sombra de los árboles. El tramo que conduce al Publix... Pero es demasiado fuerte la música del autoestéreo.

Música clásica, bajo especie de jazz, quizá fue el rubro de la música indirecta. Pero, ¿cómo asegurarlo? La música estaba puesta tan bajita, que casi parecía una alucinación.

Ya en el Publix le han dado una casetica, y él está contento. Puede guardar el delantal, y la corbata que tiene que ponerse para trabajar con el carrito. También está contento con el candadito que se ha comprado para cerrar su casetica.

Recuerda el año 1936. Un daydream con la linterna que usaban los acomodadores de los cines de entonces.

Con un klínex se secó el sudor en el baño del Publix. Secarse el sudor es secarse el vacío. ¿Cómo...? También se secó una historia. ¿Qué historia fue?

Un violeta ayer, en un rincón del maletero en sombras. Anochecía, y él colocaba los mandados en el auto.

Oye a quien habla como engarbullando. Al que habla así. No puede evitarlo y, por eso, al hablar por teléfono, el interlocutor casi no lo escucha, y se queda escuchando sin escuchar, y es como si mascara vacío.

Una cajera habla de su legrado.

Sobre su experiencia con la nieve de New York, le escribió el amigo del bag boy. Después de leer esto, el bag boy durmió la siesta. Después salió a la calle, y en un solar yermo vio, volcado sobre la hierba, al carrito de un supermercado.

"¿Cuántas ideas además no se expresan con las manos? (…)¡Qué no expresamos con las cejas! ¡Cómo nos valemos para muchas expresiones de los hombros!". Esto lo dijo Montaigne.

Para el bag un domingo luminoso, pero a lo lejos, esa pareja de viejos, se dirige hacia la señal en rojo: STOP. Los viejos, flacos y largos, parecen pintados por un Greco desleído, un Greco de Playa Albina. Además, hay un techo con pájaros, y este techo con pájaros parece que se extiende, hasta cubrir esta escena dominical. Domingo luminoso con sólo esto. No hay más nada.

Sale del trabajo. Pasa por frente de un complejo de edificios. Renglonadura con tres visiones superpuestas:

1- la luna (seis y media de la tarde), semicubierta por movibles nubes;
2- recuerdo de luna fílmica en película con el hombre lobo; y
3- cincuentona pintada de rubia y mirándose en el espejo de la sala (la sala en uno de esos apartamentos del complejo de edificios que él atraviesa).

Por la tarde, espléndida y con cantos de pájaros, vuelve a pasar por el solar yermo donde el carrito tirado (un carrito del Winn Dixie). Pero ahora la escena es distinta: el carrito, en vez de estar tirado, ahora está de pie. De pie y en medio de la tarde. Así que solitario reluce el carrito. Buen paréntesis fotográfico.

El agua del canal al pasar por el puente. Esto produce un ruido espeso, como de corcho grande. Un ruido como la hermosura de la tarde, un ruido que está dentro de la hermosura de la tarde. Y esto, un poco de esto, puede oponerse a la angustia. A la angustia, demasiado grande, que el bag boy siente.

Urbano, urbanísimo, aquel recuerdo nocturno de una ciudad que ya no existe. El recuerdo corresponde a los finales de la década del 40. Había urbanos claxons. Se estaba metido dentro de un auto, y algunas sensaciones se solidificaron para siempre. Esto es lo que se dice el bag boy.

Badajos incompletos, como si ya, de la fábrica, llegaran incompletos. Torpes muchachos bilingües que trabajan en el Almacén del Publix. Ellos tienen lenguas-badajos, inservibles. Casi no saben pronunciar palabra.

Sábado en un Circus, en Fort Lauderdale. El lugar era un pulguero. En una de las carpas se exhibían alfombras con una mujer encuera que tenía al lado una pantera. Los olores de esas alfombras parecían como la traducción de los colores del cómic. Una vieja (espejuelos negros) dientes espectrales aunque blancos, sentada estaba frente a una carpa y, aunque humana la vieja, también parecía pertenecer al cómic. Pero el bag boy, en ese Circus, se divisaba a sí mismo como bajo una cenestesia horrible. Una cenestesia que lo conducía hacia la más aguda hipocondría. Y por eso él sentía que le podría sobrevenir un mareo, y fallarle el corazón. Pues había (o eso era lo que él experimentaba), una música de bocina que, con increíble velocidad, podría tocarle el corazón. Así que el intentaba sobreponerse, pero no podía vencer su angustia.

Es que hay momentos, momentos como los que aparecen en ciertos sueños, cuando al psiquismo le salen llagas. Pues esto fue un dolor, un dolor que se manifestó frente a una columna blanca y kitsch que, por supuesto, estaba en venta. Y había un manchón de veneno que parecía le roía su cerebro (esto sin duda); su estómago se contraía con la angustia (esto, sin duda). Y esto en el Circus, en el sábado soleado de Fort Lauderdale. ¡Es increíble, se dijo el boy, la cantidad de rarezas que tiene que soportar el ser humano!

También ayer, por el pueblito donde sólo hay tiendas de antigüedades. Venta de baratijas, venta de cosas del pasado. Él, el bag boy, en medio de un revolico de objetos. Una de las casas de antigüedades tenía un lindo portal de madera, pintado de azul. Ceniceros dorados, un barquito de porcelana que costaba 8,000 dólares, el retrato de una vieja dama, el discurso de un corsario (esto en un grabado), etc. Había un aire fresco, muy buen aire. Pero un aire fresco que mareaba un poco, pues al confundirse con los olores de las casas de antigüedades, facilitaba el que emanase una sensualidad, ¿cómo decirlo?, una sensualidad semejante a una pátina (o esto fue lo que sintió, o creyó sentir, el bag boy).

Atravesando, el bag boy, el reparto donde vive. Seres reales. Camisetas con un oro de bisutería que lleva a soñarles lo muy parecido a un atuendo metafísico.

Atmósfera de este lugar albino. Perros que, al divisar al paseante, salen corriendo hasta la cerca y ladran como condenados. Agua que riega al césped y también, si se descuida, al bag boy. Musiquita del carrito de helados. Playa Albina.

Camina el bag boy con cuidado, por ciertos tramos sin acera. Los autos pasan con una maldita velocidad, por lo que hay que tener cuidado, pero esto, como forma parte de la atmósfera de este lugar, hasta llega a tener cierto sabor. Es un sabor —se dice el bag boy— que si se hiciera la metafísica de este lugar, tendría relación con Gloria Estefan, y hasta con los Shows de don Francisco, el chileno de la TV.

Antes de acostarse. Junto a su mesa de noche. También, como le sucede a todas las cosas, la mesa de noche va perdiendo Forma. En la mesa de noche hay una cuchillita de afeitar, dos relojes, y adminículos que, sin duda, algún día habrá que botar. Esto piensa el bag boy.

Nada... Sufrimientos de siempre; las obsesiones. Imágenes (o recuerdos) saltando con *ritornello*, con maníaca repetición. Sin duda, en él, sí en él, unas horribles fantasías encarnaron, se solidificaron. Y esta solidificación ¿se llevó a cabo, ya, desde los primeros meses de su nacimiento? Habría que consultar a un discípulo de Melaine Klein. Pero sea lo que sea, lo cierto es que él, sí él, siempre ha estado engarrotado. Siempre apresado. Y por eso, a veces, él se imagina su cuerpo como la visible solidificación de una espantosa, no resuelta maraña.

Rascacielos de color violeta. Moteles de medio pelo. Nivel alucinatorio de esta Playa Albina donde vive. Estos rascacielos y estos moteles, ¿se encontrarían en una placa, si se pudiera hacer una radiografía del inconsciente de él?

Seco, pero nublado. ¡Trastorna las cosas! Pero lo más interesante es que, como por un secreto pasadizo, a él todo esto lo conduce hacia una vía, radicada en 1936.

Sentenat, que está vendiendo Enciclopedias Británicas en un kiosko de la Feria de la juventud, lo vio ayer. Era Juan el Buda, enorme —deforme todo, tambaleante— con sus 300 libras de peso. Lo acompañaba su padre, que llevaba puesta una gorra de pelotero de los Hurricanes, y su esquizofrénica hermana con la piel desecha por los psico-fármacos que tiene que tomar, y con el hijo de la hermana —o sea, el sobrino del Buda—, quien es un niño extremadamente alto y extremadamente anormal. LA ESTRELLA, por ser un día nublado, estaba como cortando la niebla, pero no por ello dejaba la Feria de estar muy concurrida. Juan el Buda llevaba puesta una guayabera azul, y el público que pasaba por su lado parecía como que le temía. "Era lo tremendo", decía Sentenat. "Juan como quien no busca nada, o como quien puede mantenerse horas mirando el vacío", siguió diciendo Sentenat. Parece que, en cierto momento, el padre le ofreció un perro caliente, pero el Buda lo rechazó. La hermana esquizofrénica, y el sobrino, se comieron los perros calientes. El hombre del carrito pensó que él se mueve en un mundo de quincalla infernal. Enciclopedias vendidas por Sentenat, carrusel, ESTRELLA, carros locos, etc. Y Juan el Buda como un Frankestein del Pop albino.

Un papagayo toca el piano con su pico en una sala solitaria. Esto en el anuncio de la tele. También, en otro anuncio de la tele, un perro agarra con sus dientes un billete de la lotería.

Pero lo peor es cuando cae preso. Por lo general sucede esto por la tarde, a la caída de la tarde. Es horrible ver la tele en la cual se está atrapado. Frío, fiebre que se mete por los huesos. Y es entonces, con ese frío, cuando al bag boy le sobreviene el miedo tremendo. Él no sabe lo que pueda hacer.

Fue anoche, en una cafetería donde suele ir el bag boy, y donde también suelen ir los viejos. Había una pareja que sólo comió vegetales. Por las ventanas de la cafetería el parqueo rojizo, humoso, y con ciertos amarillos rastros. Ahí podía estar el comienzo de un day dream. Una ilusión que sería boba, un day dream bobo. Comenzó a pensar en un alguien que viviese dentro de una botella. Pero después, al salir de la cafetería, se topó con su protestante vecina. La protestante vecina se quejó de sus achaques estomacales. La vida de ella entre las labores en su iglesia bautista, su asma, su artritis, y ahora su estómago. Y como la vecina es protestante, él se acordó de que Pablo decía: "¿Quién me librará de este cuerpo de muerte?"

ÍNDICE

I. Volver al Cuaderno / 5

II. Imaginar, en acuarela / 35

III. Y siempre el basurero / 81

CPSIA information can be obtained
at www.ICGtesting.com
Printed in the USA
FFOW02n2140151116
29428FF